FRANZISKA SELLWIG

# ORANGEN AUF DEM GEFÄNGNISHOF

PROSA



mit acht Illustrationen von
Ingeborg Weigand

ISBN 3—922087—30—2

Fotosatz und Herstellung: Verlag P. Weizsaecker, Landsberg a.Lech
Druck u. buchbinderische Verarbeitung: EOS-Druckerei, St. Ottilien

»Fürchte dich nicht,
es blüht hinter uns her.«

Virginia Woolf

## Wenn ich ein Vöglein wär

Wenn sie an ihre Kindheit denkt, so erscheint ihr diese wie ein fremdes Land in nebelhafter Ferne, von dem niemand weiß, wo es liegt. »Im schönsten Wiesengrunde stand meiner Heimat Haus, da zog's mich manche Stunde zum Tor hinaus...« und »Wenn ich ein Vöglein wär und auch zwei Flügel hätt', flög ich zu dir, weil's aber nicht kann sein, bleib ich allhier...« Jeden Abend sangen die Eltern den Kindern Schlummerlieder vor. Das Zimmer halbdunkel, war nur von einer Kerze erhellt. Süß und traurig klangen die Lieder.
Das kleine Mädchen lag wie erstarrt vor Wonne in ihrem Gitterbettchen und wünschte sich den Tod herbei.

## Güterzüge

Der Garten hinter dem Haus zieht sich in sanftem Hügel bis zu den Bahngleisen hinunter. Eine dichte Hecke schließt ihn dort ab. Der Vater hat den Kindern einen Hochstand bauen lassen. Dort können sie zuschauen, wie die Güterzüge vorbeirollen, irgendwohin, weit fort in unbekannte ferne Länder.
Geschäftig eilen die Kinder ins Haus, holen ihr Spielzeug: Puppen, Eisenbahn, Stofftiere, den Kaufmannsladen, Bälle, das Kasperltheater, Bausteine — alles, und hinübergeworfen über die Hecke, in die fahrenden Waggons hinein. Da sieht man die Spielsachen entschwinden;

langsam rollen die Züge vorbei, nehmen alles mit; toll ist das, toll !
Glücklich, staunend sehen die Kinder den Wagen nach. Alles fährt davon, wie schön.

## Waschtag

»Kommt«, ruft Willi Kienen den Kindern zu, »Wäsche liegt auf der Bleiche, die ganze Wiese hinter unserm Haus is voller Betttücher, die gehören Fräulein Malchen im 3. Stock.«
Die Kinder rennen begeistert in den Nachbargarten und trampeln auf der Wäsche rum. Ein Rausch erfaßt sie, johlend stampfen sie auf der ausgebreiteten Wäsche, bis kein weißer Fleck mehr zu sehen ist.
»Ich schlag em dot«, schreit Frau Kienen, als sie aus ihrer Küchentür tritt und ihre schlammverschmierte Wäsche sieht, »ich schlag em dot«, und sie weint und rennt fassungslos hin und her.

## Die Aktion

Das kann man sehen, daß die Kinder schwer arbeiten. Sie schleppen und ziehen und stoßen einen langen Holzbalken, an dem ein Stück Stoff befestigt ist, zum Zaun. Das Nachbarhaus bewohnt der Arzt. Ein Funktionär der Zentrumspartei, ein älterer Herr mit straff gescheiteltem, grauem Haar, das Gesicht mit Schmissen durchzogen.
Jetzt sind die Kinder am Zaun angelangt, haben eine morsche Lücke gefunden, zerren

den verflixten Balken hindurch — geschafft — große Mühe, ihn aufzurichten.
Am anderen Morgen steht eine staunende Menschenmenge am Zaun: auf des Doktors Grundstück weht die rote Fahne.

## Mörder

Der Junge ist zuerst aufgewacht. Er weiß, die Eltern sind ausgegangen. Aber da ist ein Geräusch über der Zimmerdecke, vom Speicher her. Er weckt die Schwester. Sie lauschen angstvoll. Man hört Schritte, schwere Schritte — Gefahr! Ein Mörder ist im Haus! Sie beginnen zu weinen, zu schreien, lauter und lauter.
Plötzlich wird Licht gemacht, die Eltern stehen im Zimmer.
»Warum schreit ihr so? Was ist?«
Wirre Reden, stoßweises Stammeln, Schluchzen.
»Der Mörder! Der Mörder, dort oben!«
»Ratten gehen wie Menschen,« sagt der Vater. »Es ist nichts, gar nichts — Ratten vom Fluß.«

## Das Fahrrad

Es ist ein heißer Sommertag. Zwei Kinder gehen einen Feldweg entlang. Das Mädchen schiebt einen Puppenwagen vor sich her. Die Puppe, kahlköpfig mit krummen Plastikbeinen, ist in eine rosa Decke gewickelt. Der Junge hält sich am Griff des Wagens fest. Er soll der Vater sein.
Die Familie marschiert also vor sich hin. Links

vom Weg ist ein hohes Kornfeld, und rechts schlängelt sich ein Wassergraben, über den ab und zu kleine Stege zu Schrebergärten führen. Die Kinder werden müde und kehren um. Nun ist das Kornfeld zur Rechten, der Graben zur Linken. Auf einem der Stege sitzt ein Mann, ein Fahrrad liegt quer und versperrt den Weg. Beim Näherkommen sehen die Kinder plötzlich etwas aus der geöffneten Hose des Mannes ragen, rot, fleischig, furchtbar! Man kann da nicht weiter — nicht vorbei. In panischer Angst drücken die Kinder mit aller Kraft den Puppenwagen ins Korn, bahnen sich eine Schneise, sie stürzen und schwitzen, aber sie schaffen es. Die Gefahr im Rücken, der freie Weg liegt wieder vor ihnen. Später, zu Hause, hat es das nie gegeben. Kein Wort wird darüber gesprochen — nie.

## Die Teppichstange

Am liebsten spielen die Kinder in einem Nachbarhof. Ein Haus gleicht dort dem anderen, grau olivfarben, in der Mitte ein freier Platz, eine Schaukel an rostigen Ketten befestigt, eine Wippe, die Teppichstange. Dort lebt Irma, und das ist Augustas allerbeste Freundin. Bei Irmas Mutter steht ein Steintopf auf dem Tisch. Die Kinder dürfen mit den Händen hineingreifen und Heringe, in Essig mit Zwiebel und Gewürzen eingelegt, herausfischen. Wie wunderbar das schmeckt, nicht wie zu Hause, wo man sich zu jeder Mahlzeit feierlich an den Tisch setzen muß.
Wenn die Freundinnen allein sind, kriechen

sie in die Kleiderkammer; ganz dunkel ist es dort, und Irma und Augusta legen sich auf eine Decke am Boden und drücken sich vor Liebe fest aneinander.
Irma ist die Beste beim Turnen an der Teppichstange. Sie kann sich mit gekrümmten Füßen dort festklammern, den Kopf nach unten und schaukeln, doch dann, sie fällt auf das Pflaster, das Gesicht voller Blut.

## Die Bibliothek

Der Vater hat den Kindern erzählt, daß die kleinen Kinder bei der Mutter unter dem Herzen wachsen.
Mehr nicht, versteht sich.
Augusta findet in der Bibliothek, hinter anderen Büchern versteckt, 'Die vollkommene Ehe' von van der Velde. Sie liest alles, wo das Wort 'Geschlecht' vorkommt. 'Geschlecht' — 'Geschlechtsakt', dort steht geschrieben, daß, wenn die Frau sich in die verschiedensten, oft turnerisch verzwicktesten Stellungen begibt, ihr das die größte Lust verschafft. Und der Penis des Mannes wird auch immerzu erwähnt. Das ist alles sehr seltsam, zum Teil erschreckend, und sie fragt sich verblufft, welche Frauen diese unwahrscheinlichen, bedrohlichen Übungen wohl machen würden. Die Frauen, die sie kennt, vielleicht? Die alten Lehrerinnen aus dem Lyzeum, ihre Tanten, wo sie oft die Ferien verbringt oder vielleicht gar die Mutter? Aber das kann wohl nicht sein, die sitzt im Sessel und liest Bücher — und 'Penis', das ist lateinisch.

## Sport ist gesund

Unter den Ginsterbüschen, die hinter dem Haus auf der Heide wachsen, bauen sich die Kinder Höhlen. Ins Haus gehen sie nur zum Essen und Schlafen. Sonst wird herumgestreunt mit den Spielgefährten.
Manchmal rennt Augusta bei der Kramersfrau an den im Freien aufgebauten Obstständen vorbei, um im Vorüberlaufen schnell ein paar Orangen mitzunehmen. Die werden dann aus der Schale gegessen, und nicht wie zu Hause fein zierlich in Stückchen gebrochen, nein, so herausgelutscht, daß ihnen der klebrige Saft die Arme herunterläuft.
Der Vater kauft Turngeräte in den Garten, die eigentlich für Olympiakämpfer gedacht sind: schwere Hanteln, eine eiserne Kugel zum Kugelstoßen und eine himmelragende Schaukel. Ein Vetter kommt für die großen Sommerferien zu Besuch. Er wird von den Eltern an der Haustüre empfangen, läuft dann durch die Diele in den Garten, wo Augusta gerade versucht, die schwere Kugel zu lupfen. Der Vetter tritt zur Begrüßung an sie heran. Augusta läßt aus ihrer gebückten Haltung die Kugel, die sie ja gerade nur einige Zentimeter von der Erde heben kann, wieder fallen.
Der Vetter verbringt die ganzen Sommerferien mit einem Gipsverband im Wohnzimmer auf dem Sofa, dann reist er wieder ab.

## Unkeuschheit

Eines Tages hat einer die tolle Idee: Wir ziehen uns alle die Kleider aus! So hopsen die Kinder

wie wild, völlig nackt im Haus herum, mit hochroten Köpfen und außer sich, fassen sich an, staunen über die Verschiedenheiten.
Für Augusta und den Bruder ist das nicht so etwas Besonderes, laufen sie vor dem Schlafengehen immer nackt herum. Aber die Eltern der Spielgefährten machen großen Ärger. Und nun wissen es alle: das also ist es, was im Religionsunterricht Unkeuschheit treiben heißt.

## Ein Motorrad mit Beiwagen

Da muß man sich nicht vor die Theke stellen, seine Groschen aus der Tasche kramen und Schokolade oder Bonbons verlangen. Da kann man, so ohne weiteres, hinter den Ladentisch gehen, mir nichts, dir nichts, Gläser öffnen, Süßigkeiten herausnehmen, sich die Taschen füllen mit Keksen und kleinen Kuchen, sich weiter hinten in kühle Kellerräume begeben und ohne zu fragen, Wurst und Schinken abschneiden, gemütlich verzehren.
Ja, wenn man wie die Kinder eine Tante hat, der ebendieser Laden gehört, so ist das ein Privileg.
Der Vetter, dem Augusta einmal die Eisenkugel auf den Fuß geknallt hatte, ist der einzige Sohn dort. Die Kinder verbringen herrliche Ferientage zusammen, und überhaupt gibt es noch mancherlei Interessantes.
Hannes' Vater ist Künstler, Bildhauer, genauer gesagt. Überall im Haus stehen Figuren he-

rum, holzgeschnitzte Köpfe und allerlei solche Kunstgegenstände. Abends, wenn die Kinder bereits im Bett liegen, hört man aus dem Atelier Gelächter, Stimmengewirr und Gläserklirren.

Manchmal fährt die ganze Gesellschaft zum nahen See an den Badestrand. Die größte Sensation besteht darin, daß Moppel, so wird der Onkel genannt, ein Motorrad mit Beiwagen besitzt. Das ist nun wirklich etwas Ungeheuerliches und wird gebührend bestaunt.

Wieder scheint die Sonne heiß vom Himmel — baden an den See — das ist ja klar. Alle fahren mit dem Zug, Moppel natürlich mit seiner Maschine.

Die Gesellschaft bricht früher auf, da das Motorrad selbstverständlich sein Ziel viel früher erreicht als dieser Bummelzug. In den Beiwagen packt Moppel Gummitiere, Wasserbälle und ähnliche wichtige Requisiten, die die Kinder beim Baden dringend benötigen. Begeistert schauen sie aus dem Zugfenster, die Picknickkörbe auf dem Schoß. Die kleine Vorortbahn passiert eine Bahnschranke. Viele Leute sind dort versammelt, gestikulieren, der Zaun ist niedergerissen — und schon vorbei saust der Zug dem nahen Ziel, dem kühlenden See entgegen.

Die Picknickkörbe werden ausgepackt, Dekken und Badetücher ausgebreitet, noch schnell ins Wasser, dann darf man mit dem Tafeln beginnen. Nur Moppel ist noch nicht da — und er kommt auch nie mehr — dort an der Bahnschranke ist er gegen den Pfeiler gerast.

## Die Tanten

Weil der beide Ellbogen auf den Tisch stützte und die Suppe schlürfte, wurde er nur eingeladen, wenn sonst niemand zum Essen da war. Er arbeitete irgendwo auf einer Baustelle. Augusta erinnerte sich kaum noch an Onkel Hans; an Tante Herta, seine Frau, schon eher. Sie trug eine randlose Brille, war groß und grobknochig mit einer plattgedrückten Nase. Tante Herta nähte reihum bei all ihren Schwestern auf »stör«. Sie erschien nur zum Essen, die übrige Zeit saß sie eine Woche lang im Nähzimmer und besserte zerrissene Sachen aus, stopfte Bettwäsche und so Sachen und manchmal wagte sie sich auch an etwas Neues ran. Dann kaufte die Mutter »ein hübsches Stöffchen«, wie sie sagte, und Augusta mußte stecknadelbespickt anprobieren, und plötzlich, unter den strahlenden Blicken von Mutter und Tante, hatte sie ein neues Kleid an, was ihr aber leider nur selten gefiel.
Tante Herta selbst hatte keine Kinder, das gab es sonst überhaupt nirgends, aber vielleicht lag es an ihrer Brille. Ganz anders der Zwilling, die Zwillingsschwester von Tante Herta, Elli. Die war sehr hübsch und hatte einen Sohn ohne Vater. Als Tante Elli Hochzeit machte, war der Gerd schon 9 Jahre alt und streute Blumen. Alle Verwandten waren sehr froh uber die Heirat, wenn der neue Onkel auch nur ein Kellner war und trank. Aber lieber der als gar kein Mann, sagten alle und freuten sich. Trotzdem wurden auch diese Verwandten kaum eingeladen.

Ganz selten fuhr die Mutter mit dem Taxi weit in die Vorstadt. Dort bewohnte die Schwester mit ihren nun vier Kindern eine kleine, schäbige Wohnung. Die Frauen saßen am Küchentisch (man stelle sich vor, sagte die Mutter später zu Hause) und tranken Kaffee. Tante Elli hatte beide Ellbogen auf den Tisch aufgestützt und schlürfte, fummelte beim Reden mit den Händen im Gesicht herum und verschmierte den Lippenstift. Manchmal kam der Onkel hereingeschossen, holte eine Flasche aus der Speisekammer und warf dabei irgendwelche Töpfe um.
Tante Hilde schminkte sich die Lippen knallrot, trug schicke enge Röcke und Schuhe mit hohen Absätzen.
Sie küßte sich ständig mit Onkel Kurt, ihrem Mann, in aller Öffentlichkeit.
Vielleicht hat Cousine Lilli deshalb so viel gebetet, vor Schreck. Friedrich erzählte ihr wie die Kinder gemacht werden. Da fiel die in Ohnmacht. Sie glaubte ja noch an den Nikolaus und betete nachts auf den Knien.
Sie siedelten später in den Süden des Landes um und mieteten sich im Gebirge ein Häuschen. Da war es aus mit »Lilli ärgern«.
Der einzige Sohn, Eberhard, den die Großmutter der Mädchenschar geboren hatte, rückte von zu Hause aus, weil er natürlich den Kohlenwagen nicht mehr fahren wollte und die dreckigen Kohlensäcke schleppen.
Als Husar mit goldverschnürter Brust, prächtig in hohen blanken Lacksteifeln, eine Mütze mit Kinnriemen und Troddeln daran auf dem Kopf, so hoch zu Roß erschien er eines Tages

wieder, umjubelt, versteht sich. Sonntags spielte er mit dem Vater Schach und verlor fast immer. Manchmal gesellte sich Onkel Bruno dazu, dann wurde Skat gespielt, um Geld. Wenn Onkel Bruno verlor, wurde er kreidebleich und zitterte.

Eberhards Schwager arbeitete als kleiner Buchhalter in der gleichen Firma wie der Vater.

Während des ersten Weltkrieges zeigte dieser Wiesenberg, oder wie er hieß, Max an. Er hätte Waffen im Fabrikgelände vergraben lassen, um die Regierung zu stürzen. Der ganze Fabrikhof wurde ausgebaggert und die Arbeiterschaft stand kopfschüttelnd dabei.

Sie mußten dann alles wieder zuschütten. — Keine Waffen. —

Eine Tante gab es, die war sogar ohne jeden Mann und kein Kind. Eine Zeitlang führte sie den Eltern den Haushalt und das mit strenger Hand. Niemand außer der hatte in diesen zwei Jahren etwas zu sagen. Jedes kleinste Vergehen der Geschwister wurde mit Nachdruck geahndet. Gleich hieß es: Na, wartet nur, bis die Eltern kommen, dann gibt's aber was, darauf konnt ihr Gift nehmen.

Wenn die Eltern dann erschienen, war alles schon verjährt und »Tan Pollas« Schimpfreden umsonst.

Jeden Sonntag nachmittag gab es Gugelhupf oder abwechselnd Marmorkuchen, den niemand anrührte. Max fuhr Sonntagsmorgens in die Stadt und brachte aus der Konditorei Torte mit. Tan Polla aß beleidigt Gugelhupf und verfluchte die Verschwendung. Eines Tages packte sie die Koffer, weil sie, wie sie verkündete, nicht mehr mit ansehen konnte, wie ihre Schwester und ihr Schwager die Kinder erzogen. »Das werdet ihr noch früh genug sehen«, schrie sie, »was aus denen noch wird — Anarchisten, oder Schlimmeres«, und sie ging.

## Die Dohlen

Als Augusta in das Lyzeum eingeschult wurde, wußte sie noch nicht, was das Sprichwort zu bedeuten hatte:
'Willst du nicht, daß dich die Dohlen umschrein, darfst du nicht Knopf auf dem Kirchturm sein', aber sie sollte es bald erfahren.
Bereits nach einem Jahr hatte sich in der Klasse eine starke Hierarchie gebildet. Es gab die Oben und die Unten. Das ging so ganz unmerklich, für die Mädchen eigentlich noch nicht bewußt vor sich. Auf jeden Fall gehörte Augusta zu den Oben, das bedeutete, den Ton angeben, wenn irgendetwas gestartet wurde, wie z.B. eine Unterrichtsstunde schwänzen, keine Hausaufgaben machen oder ähnliches, Mutproben sozusagen. Eine gewisse Wildheit unterschied Augusta, ihr selbst nicht bewußt, von den anderen, die Mädchen spürten da eine Dominanz, der sie sich nicht entziehen konnten.
Nach der Schule, wenn sich alles verlaufen hatte, wurde sie bis zur Bushaltestelle von Johanna begleitet, einer von Unten, das ergab sich so, weil Johanna den gleichen Heimweg hatte. Augusta empfand für sie eigentlich das

gleiche wie für ihre 'Freundinnen', nämlich gar nichts. Trotzdem waren sie vergnügt zusammen, wie andere Kinder auch. Ihr Weg führte sie an der Klosterkirche vorbei, und es verging kaum ein Tag, an dem sie nicht klopfenden Herzens die schwere Flügeltüre öffneten, leise, leise in die dämmrige, fast leere Kirche traten, die nur von einigen Kerzen schwach erhellt wurde und dann schlagartig in irrwitziges Gelächter ausbrachen. Sie gingen die ganze Station Christi, die in großen Bildtafeln an den Kirchenwänden angebracht war, entlang, knieten auf den Bänken nieder und lachten und lachten, daß ihnen die Tränen die Wangen herunterliefen. Doch kaum waren sie wieder draußen im hellen Tageslicht, verschwand das Gelächter, wie nie gewesen.

## Aufklärung

Daß Augusta anders war als die Clique, machte sich in kleinen Abweichungen bemerkbar. Sie hatte keine feste Freundin, und außerhalb der Schule traf sie sich mit niemandem. Aber das kam alles nicht zum Ausbruch durch vergnügte Spiele und gemeinsame Pflichten, bis zu dem Tag, an dem sie Marga erzählte, daß die Babies bei der Mutter im Bauch wachsen. Das hatte ihr der Vater erklärt; und nun konnte sie mit diesem ihrem Wissen nicht mehr allein bleiben. Marga hörte sich das kumpelhaft an, versprach, es für sich zu behalten und erzählte es sofort ihrer Freundin. So ging es wie ein Lauffeuer durch die Klasse. Die Mädchen begannen Augusta

zu meiden, herumzutuscheln und sie mit frechen Blicken zu belächeln.
Augusta tat zuerst so, als merke sie nichts. Sie erledigte ihre Schularbeiten und blieb wachsam. Immer dichter schloß sich der Kreis um sie. Jetzt hatten sie ja eine Waffe in der Hand, scharf geschliffen, das wußten sie alle, mit der sie Augusta vor der Lehrerschaft vernichten konnten. Auch sie selbst fühlte deutlich, sie hatte einen großen Fehler gemacht, sich eine Blöße gegeben, und die Meute rückte näher. Schon machten alle beim Nachhausegehen einen großen Umweg, gingen in Gruppen hinter ihr her bis zu Augustas Bushaltestelle, wo sie überhaupt nicht hin mußten. Johanna mischte sich betreten unter das Rudel, denn es hätte zuviel Mut dazu gehört, offen neben dem schwer angeschlagenen Mädchen einherzutraben.
Augusta drehte sich nie um, tat so, als gäbe es die Verfolger nicht. Steif vor Entsetzen hielt sie ihren Kopf aufrecht und setzte einen Fuß vor den anderen, wie in Trance. Sie lief nicht schneller, nicht langsamer, ganz so wie immer, als wäre nichts.
In den Schulpausen streiften die Mitschülerinnen Augusta wie unabsichtlich, die unbeteiligt mit ihrem Milchglas an der Mauer lehnte und, ganz plötzlich, flüsterten sie ihr Obszönitäten ins Ohr, die sie noch nie gehört hatte.
Eines Tages wurde sie dann zur Schuldirektion gebeten. Allein im dunklen Schulgebäude, Treppen hoch, anklopfen; die schwere Flügeltüre wurde geöffnet, die 'Direks' saß hinter ihrem Schreibtisch — ungeheuerlich, riesig,

dick, gewaltig. »Weißt du,« flüsterte sie, »nicht alle Kinder sind schon so aufgeklärt wie du, nicht wahr, es ist besser, du läßt den Mädchen noch ihren Kinderglauben, verstehst du?«
»Ja!«
Augusta wagte kaum zu atmen, und beim Hinausgehen dachte sie über sich selber: 'Verbrecher'.

## Schokoladenpudding mit Vanillesauce

Die Rheinwiesen waren im Winter manchmal zugefroren, dann lief man dort Schlittschuh. Kinder durfte man die Geschwister nun nicht mehr nennen; sie waren bereits ziemlich erwachsen. Die Freunde kamen jedes Wochenende heraus und zeigten sich gegenseitig ihre Busfahrscheine und wer die meisten hatte. Julla erschien, die Gitarre geschultert, und Johannes und Bert, Karl und Epp, sie sangen und Friedrich schlug die Trommel dazu:
»Der Trommelbub vom Nerothbund,
Sie nennen ihn den Schimmel,
Der Schopf ist blond, die Kluft ist bunt,
So dünkt er sich im Himmel,
Ob Klampfen, Ranzen und Geschirr
Die anderen Buben tragen,
Auf seinem Rücken im Gewirr
Sieht man die Trommel ragen...«
oder sie spielten Schallplatten auf dem alten Grammophon: »Einmal sagt man sich adieu, wenn man sich auch noch so liebt...«
und das so schön, der Gedanke an scheiden,

sich nicht umdrehen, keinen Blick zurück, einfach so fortgehen in die Ferne und kommt nicht wieder und wischt sich nur eine Träne aus dem Auge und bleibt ganz hart. Oh, wie sie es liebten, sich das alles vorzustellen!
Es gab Riesenbleche Pflaumenkuchen am Nachmittag und jeden Sonntag mittag kochte Fräulein Mally Schokoladenpudding mit Vanillesauce.

## Sommersprossen

Auf der anderen Straßenseite wohnte der Blinde. Er verließ selten das Haus, saß hinter dem Fenster und flocht Körbe und Besen. Einmal begegnete er Augusta auf der Straße. Die toten Augen auf das Mädchen gerichtet, sagte er:
»Sieht man dich auch einmal wieder, du bist aber groß geworden und wirklich hübsch.«
Sie aber dachte an ihre Sommersprossen, die roten Haare und was die Dorfkinder hinter ihr herbrüllten: »Und wenn dat Rot nach Hause kommt, dann is die Mutter froh, dann spart sie ihr Petroleum, dat Rot, dat leuchtet so.«
Und sie wunderte sich.

## Kissenschlacht

Vier Töchter hatte die Tante, vier Betten im Zimmer, der Onkel war bei der Bahn. Mit einem Stab hielt er die Züge an — und ließ sie weiterfahren, das konnte er. Abends hing dann die blaue Eisenbahnermütze und die Jacke hinter der Tür in der Diele. Diese war dunkel, dort wurde herumgetobt bis zum Abendessen. Es gab Mehlsauce auf die Kartoffeln, mit kleinen Speckstückchen und gebratenen Zwiebeln, selbstgemachte Gurken aus einem großen Glas dazu, manchmal Pudding zum Nachtisch. Das älteste der Mädchen hinkte, sie hatte einen zu kurzen Fuß und schöne, lange blonde Haare — die jüngste, Marlene, war die wildeste.

Im engen Schlafzimmer, auf den vier Betten, abends vor dem Schlafengehen, Kissenschlacht. Kreischen und Jauchzen, Schreie, flatternde Haare, rudernde Beine und Arme. Die Tante erschien, löschte das Licht. Augusta, glücklich schnaufend, schlaftrunken in Marlenes Armen, fest aneinander geschmiegt. »Küß mal meinen Busen, Augusta, ja?« Das tat sie. Seltsam war das. Marlene atmete heftig, preßte sich fest an Augusta, und so schliefen sie dann ein, innig umarmt.

Marlene starb auf einem Leiterwagen, als sie mit ihren Kindern flüchtete — im Krieg — auf der Landstraße vor Erschöpfung.

## Entern

Das Wasser war grün und klar zu dieser Zeit. Man mußte das Kanu mit starken, schnellen Stößen flußaufwärts bis an die Schleppkähne treiben, dann seitwärts an der Schiffswand entlanggleiten. Johannes und Friedrich paddelten wie besessen, Augusta hatte das Seil vom Kanu um den Arm gewickelt und sprang im entscheidenden Moment mit einem schnellen Satz in den 'Moses', der am letzten Schlepper angehängt war. Jedesmal erfaßte sie dabei ein Gefühl von Angst und Freude bei diesem Abenteuer. Dann kletterten die Jungen ins Boot und zurrten das Kanu fest. Sie ließen sich gemächlich den Fluß hinaufziehen, bis ihr Bootshaus in Sicht kam.

## In der Arktis

Er war Arzt, man nannte ihn Döres. Max und die Mutter waren mit ihm befreundet. Seine Frau hieß Molly. Sie hatte ein schönes ebenmäßiges Gesicht, trug das glänzend schwarze Haar in der Mitte gescheitelt und zu einem festen Knoten im Nacken gebunden, sie war enorm dick. Döres mochte sie nicht. Sie aber liebte ihn sehr. Oft schwamm sie den Rhein hinunter, an den Kribbenköpfen vorbei, rief den Anglern zu: »Paßt auf, ihr, hier kommt ein dicker Fisch!« und freute sich, wenn sie die Beute scheuchte. Die Fischer wurden sehr zornig und versuchten, mit den Angeln nach ihr zu schlagen. Aber sie trieb schon längst weiter mit der reißenden Strömung und lachte.
Döres spielte ein Spiel mit der Familie: Jeder mußte sich in eine vorgestellte Situation denken. Er fing selbst damit an, setzte sich auf einen Stuhl mitten im Zimmer und befand sich auf einem Schlitten in der Arktis. Ringsherum nur Schnee, klirrender Frost, totale Einsamkeit, nur die Hunde zogen ihre Spur durchs Eis. Der Atem gefror vor dem Mund in der kalten Luft, und alle zogen fröstelnd die Jacken über die Schultern.
Wenn Döres mit Molly nach Hause fuhr, hielt

er manchmal den Wagen an. »Steig aus!« sagte er, »schnell!« Er riß die Tür auf, sie stieg aus, und er fuhr weiter. Oft waren es mehr als zwanzig Kilometer, die sie nach Hause laufen mußte. Alles, was nötig war und womit er sich nicht befaßte, erledigte sie. Sie schrieb unermüdlich seine Honorarforderungen, weil er für seine ärztlichen Bemühungen nie Geld verlangte. Ohne Molly wäre er bettelarm gewesen, so aber waren sie wohlhabend, hatten ein schönes Haus auf dem Land. Wenn man mit ihm in die Dorfschenke ging, kamen die Bauern an seinen Tisch und feierten und priesen ihren Doktor .

Molly weinte viel. Und so eigenartig. Das Gesicht blieb unbewegt, mit ihrem ewigen Lächeln darauf, doch aus den Augen sprangen harte, runde Tränen, wie kleine Glaskugeln, die klirrend auf ihrem großen Busen zerschellten.

Der Hund hieß Harry; er war riesig, mit schwarzem zottigen Fell. Sie sahen ihn das erste Mal, als sie im Wintergarten beim Kaffee saßen. Molly sagte: »Bleibt bitte ganz ruhig sitzen, Döres holt nur den Hund herein.« Dann hörten sie lautes, dumpfes Hecheln, und quer durch den Raum riß Döres die Bestie an einer dicken schwarzen Kette zur gegenüberliegenden Türe, hinter der beide verschwanden. Er erschien wieder, schloß blitzartig die Tür hinter sich zu, gegen die sich dann von innen mit lautem Krachen und wildem Gebell der Hund warf.

Döres sprach wenig, aber auf stundenlangen Spaziergängen hörte man ihn mit Harry reden.

Molly durfte den Hund füttern, nicht immer ging das gut. Einmal hatte er ihr den Arm übel zugerichtet, ein andermal drängte er sie durchs Zimmer, mit gefletschten Zähnen, auf die Balkontür zu. Döres sagte nur: »Er kennt dich gut, du fütterst ihn ja.«
Sie aber brach sich die Beine, alle beide, als sie vom Balkon sprang.

## Sahnetorte

Natürlich gab es auch eine Zeit, in der sie, um ihren Mut zu beweisen, etwas klauen mußten. Was es war, darauf kam es nicht an.
Hermann hatte es bis zur wahren Meisterschaft gebracht. Er verstand es, zwei Pfund Konservendosen mit Bohnen unter seinem Hemd verschwinden zu lassen, während er von der Verkäuferin ein Tütchen Pfeffer verlangte.
Aber oft war die Versuchung zu groß, sich gewisse andere Dinge anzueignen, z.B.: Sahnetorte. Hermann schob auch das unter sein Hemd und das Gebäck pappte dann an seiner Brust fest. Später aßen die Gefährten das klebrige Zeug mit großer Begeisterung.
Einmal, als sie alle wieder bei den Zelten waren, hatten Hermann und Johannes beschlossen, etwas ganz Besonderes zu vollbringen: Sie gingen eine Strecke flußaufwärts und schwammen dann den Fluß hinüber bis ans andere Ufer. Es war aber Sonntag, die Läden hatten geschlossen. So konnte Hermann nur Äpfel aus einem Garten stehlen. Johannes war fast ein bißchen froh, daß er

nicht auch noch diese Klauerei mitmachen mußte. Er hatte wirklich nicht viel übrig für diese Art von Selbstbestätigung und fand das für einen bereits sechzehnjährigen, reifen Jüngling sehr kindisch.

Hermann band sich die Äpfel mit seinem Halstuch auf den Kopf und so schwammen sie zurück. Dieses Unterfangen, zweimal den reißenden Strom von einen Ufer zum anderen zu überqueren, war sehr gefährlich. Aber darum ging es ja gerade: sie wußten ganz genau, wenn sie es nicht schafften, werden sie ertrinken.

Nun gut, sie erreichten das andere Ufer, das an diesem schönen Sommersonntag dicht mit Ausflüglern besetzt war. Die Freunde warteten mit Spannung, da sahen sie plötzlich einen nackten Hermann den Strand entlang auf sie zustürmen und mit einem Hechtsprung im Zelt verschwinden:

Er hatte im Wasser seine Badehose verloren. Die Äpfel auf dem Kopf aber waren noch da.

Der Tritt braun uniformierter Marsch-
kolonnen dröhnte über das Pflaster
der Städte.
Lüge und Heuchelei
richteten sich häuslich ein.
Verrat und Terror hefteten sich
an die Fersen der Bürger.
Angst kroch in Häuser und Hütten.
Die einstmals etwas galten im Volk
— gab es nicht mehr —
ihre Bilder, die das Land geschmückt,
wurden zerzört — die Bücher,
die den humanitären Gedanken in die Welt
getragen — verbrannt. In den Schulen,
die Jugend hob die Hand
zum faschistischen Gruß.
Menschen, deren Symbol ihre Würde,
ihre Religion darstellte, wurden
mit diesem ihrem Zeichen, das sie
an der Jacke tragen mußten, angeprangert.
Sie senkten den Kopf zwischen die Schultern,
wagten nicht mehr aufzublicken.
Die Dummheit, die Gemeinheit
hob frech ihr Haupt, höhnisch zum Takt
tanzend auf dem Rücken der Gedemütigten.
Wer entkommen konnte,
floh über die Grenzen in eine ungewisse
Zukunft — in fremdes Land.
Verbrecher ernannte man zu Henkern
an den Edelsten, das Unheil nahm
seinen Lauf, das Grauen wurde eingeleitet
mit Fanfarenstößen und Jubelrufen
der Verblendeten.

## Ein Chevrolet

Die Geschwister hatten in der Geborgenheit des Elternhauses gar nicht bemerkt, daß sich in ihrer Umgebung langsam alles veränderte. Sie trieben weiter ihre Boote den Fluß hinunter, bauten Zelte auf und sangen ihre Lieder. Einmal kam ein Onkel, der Freund von Max, aus dem Ausland zu Besuch. Zum erstenmal sahen sie ein großes amerikanisches Auto; es stand vor der Türe, wenn die Eltern mit dem Onkel nicht ausfuhren. Die staunenden Freunde aus der Nachbarschaft wurden kaum noch beachtet. Lässig lehnten die Kinder an den Kotflügeln und schauten gelangweilt ins Weite. Auf Fragen der Spielgefährten kam nur ein: »Ach, das ist nur das Auto von unserem Onkel Emil.«
Kurz vor der Abreise machten sich Polizisten am Wagen zu schaffen. Der Onkel wurde gerufen, mußte den Kofferraum öffnen, die Männer durchsuchten alles genau, nahmen die Personalien auf und verließen nur zögernd die Wohnung.
Im Elternhaus redeten später die Erwachsenen dann von Flugblättern oder soetwas Ähnlichem, jedoch die Kinder vergaßen das schnell wieder.

## Julla

Im täglichen Leben gab es so manche Veränderung. Zum Beispiel wurde bei Schulferien nicht mehr nur die herkömmliche Landeshymne gesungen wie früher, sondern noch ein anderes Lied, das Lied der neuen Herrschenden. Der Vater hatte die Tochter ermahnt, sich nicht vom Platz zu erheben, um mit erhobener Hand dieses Lied zu ehren. Augusta tat das selbstverständlich auch nicht, sie setzte sich nach der Hymne wieder, bemerkte jedoch zu ihrer Erleichterung, daß auch noch andere Mitschülerinnen ihren Platz wieder einnahmen.

Auch war es sehr seltsam, daß der gute alte Hausarzt, den sie schon lange kannten, jetzt nur spät in der Nacht ans Krankenbett kam, wenn einer aus der Familie sich nicht wohl fühlte, und an seiner Kleidung, nicht mehr so elegant wie früher, sondern grau und abgerissen, heftete ein gelber Stern.

An späteren Tagen dann erschien ein neuer Arzt. Den alten Doktor sollten sie nie wieder sehen.

Doch immer noch saßen die Freunde abends im großen Wohnzimmer auf dem Teppich im Kreis. Sie kamen aus allen Teilen des Landes, mit der Gitarre auf dem Rücken, das Barett aus der Stirn in den Nacken geschoben, das bunte Tuch um den Hals. Sie sangen Lieder aus aller Welt, das, was sie draußen auf der Trampfahrt gelernt in allen Sprachen — Lieder aus Island, aus Italien, die sanften Weisen aus Rußland, vom Baikal, von Budjonny, dem Helden, und Augustas Bruder schlug leise die Trommel dazu.

Die Mutter saß mitten unter ihnen, im grünen Samtsessel und sang mit heller, klarer Stimme. Julla, der aus einer Bergarbeiterfamilie stammte und sie schwämerisch verehrte, brachte die schönsten Lieder mit.

Einer aber war dabei, einer aus der Stadt, der nie mitsang, von dem keiner wußte, wer ihn mitgebracht hatte, der nur beobachte, zuhörte, wenn die Jungen die verbotenen Lieder sangen. Er merkte sich das alles gut, hörte auch, was im Nebenzimmer von den Erwachsenen gesprochen wurde. Und aus dem Radio, da ertönte eine Stimme, erst in englischer, dann in der heimischen Sprache. Eines Tages blieb der Fremde weg, kam nicht mehr, keiner achtete darauf.
Später, im Moor dann, im Konzentrationslager, streifte Julla ein Gedanke an diesen Unbekannten, der mit ihnen zusammen Tee getrunken und sich dann davongeschlichen hatte, um sie zu verraten. »Island, du Land der Elche, nie vergessen wir die Zeiten, als wir aus deinen Kelchen tranken Met und Süßigkeiten...« — Dieses Lied kam Julla in den Sinn, bevor sie ihn totschlugen.

## Eiskristalle

Es war sieben Uhr früh, als es an der Türe klingelte.
Fräulein Dore öffnete und es wurden Männerstimmen laut. Max stand rasch vom Frühstückstisch auf und ging hinaus. Nach einem kurzen Wortwechsel zeigte er den Männern das Herrenzimmer, in dem sich die Bücherregale bis zur Decke hinaufzogen. Tage vorher hatte Max mit der Mutter den größten Teil der Bücher bereits in den Heizkeller getragen und verbrannt, denn fast die gesamte Weltliteratur war von den Herrschenden verboten, wie z.B.

die Werke Upton Sinclairs, Heinrich Manns, Jack Londons, Rosa Luxemburgs, die Hefte der »Weltbühne«, die Max seit vielen Jahren sammelte, und vieles andere, und der Besitz bedeutete Gefängnis oder Schlimmeres.
»Herr Kollege, ist Tolstoi verboten?« hörte man aus dem Nebenzimmer.
Die Familie saß wortlos am Tisch. Plötzlich drückte Max der Tochter ein schmales Bändchen in die Hand: »Schnell, schnell weg damit!« In fieberhafter Eile zerriß sie jede Seite — in die Toilette — heruntergezogen — nachgepreßt — es gelang: Sinclairs »100 %« war das.
Unverrichteter Dinge kehrten die Männer aus der Bibliothek zurück.
»Der Junge kommt mit«, und sie deuteten auf Friedrich.
»Aber er muß zur Schule.«
»Das geht heute nicht, wird jedoch nicht lange dauern,« versicherten sie. »Nun gut,« meinte der Vater, »zieh dein Jäckchen an.«
Sie fuhren mit dem Kind davon.
Sechs Wochen stand die Schultasche in der Diele.
Kurz nach seinem Abtransport beschlossen die Eltern, im Polizeipräsidium nach dem Verbleib des Jungen zu fragen. Augusta blieb mit Fräulein Dore allein zurück. Die Eltern kamen am Mittag nicht wieder wie versprochen — auch am anderen Tag nicht.
Augusta fuhr wie immer mit dem Bus zur Schule. Etwas stiller war sie wohl als sonst, und die Lehrerin rügte sie oft wegen Unaufmerksamkeit im Unterricht. Nach der Schule

eilte sie nach Hause, so schnell sie konnte — das Haus war leer — Fräulein Dore verstört in der Küche: »Der Kaufmann gibt uns kein Essen mehr, er sagt, er muß auf die Nachbarn Rücksicht nehmen, und überhaupt, er weiß ja nicht, ob er sein Geld noch bekommt.«
Sie aßen die letzten Vorräte.
Fräulein Dore verschwand eines Morgens, hinterließ einen Zettel: 'Ich geh, such mir andere Arbeit, habe Angst.'
Alle paar Tage ging Augusta ins Gefängnis und brachte etwas Obst. Wenn sie dort auf dem Hof stand, riefen ihre Freunde, die dort ringsrum in den Zellen saßen, ihren Namen und »Hier, hier sind wir« und Lärm und Unruhe entstand — bis diese Stimmen dann plötzlich abbrachen — und Totenstille blieb.
Das Mädchen stand da — auf dem Gefängnishof, mit der Orangentüte in der Hand — schaute zu den Gittern empor — und fürchtete sich nicht.
Friedrich weinte oft bitterlich. Er saß auf der Pritsche und weinte. Sein Zellengenosse, ein Jugoslawe, sagte zu ihm: »Du nicht weinen, kleine Hund, nicht weinen — wir Kette tott machen — Ketto tott.«
Der Junge wurde zu den Verhören geschleppt, gegen seine Eltern auszusagen. Was denn? Er verstand nichts.
Bei dem »Kinderprozess«, wie er dann später durch die Weltpresse ging, da stand das Kind vor den Richtern plötzlich auf und verkündete mit lauter Stimme, daß die Männer ihn immer geschlagen hätten, damit er das sagte, was sie von ihm hören wollten. »Und es ist alles nicht

wahr, was ich da gesagt habe.«
Schnell schaffte man ihn aus dem Gerichtssaal und brachte ihn wieder in Einzelhaft zurück.
Unvermutet wurde er dann freigelassen, Wochen später die Eltern. Die Mutter weinte unaufhörlich, bleich und gebrochen.
Eine Nacht nur war der Vater im Haus, dann im Morgengrauen ein Polizeiwagen. — Mitkommen! —
Augusta stand auf der Treppe. Max drehte sich noch einmal um, drückte die Tochter fest an sich, lehnte seinen Kopf an ihre Schulter. Seine Stirn war mit kaltem Schweiß bedeckt. Das hat sie nie mehr verlassen. Dieser kalte Schweiß ist in ihre Adern gedrungen — hat den stillen Fluß des Blutes verändert. Kleine Eiskristalle setzten sich fest, drangen manchmal bis an die Oberfläche der Haut — und der kalte Haß näherte sich lautlos.
Der Polizeiwagen mit dem Vater entschwand. Vom obersten Gerichtshof traf Wochen später ein Schreiben ein, dessen Inhalt lautete: das Verfahren gegen Max S. wegen Vorbereitung zum Hochverrat wird wegen Mangels an Beweisen eingestellt.
Von da an saßen die Geschwister stundenlang im Erkerfenster und starrten die Straße entlang. Jeden Moment müßte der Vater doch auftauchen. Bis dann nach trostlosem Warten ein Brief eintraf aus dem Konzentrationslager im Moor:
»Mir geht es gut, ich bekomme alles, was ich brauche.
Max.«

## Schach

Das Haus wurde geräumt, die Möbel herausgeschleppt. Einige der Gefährten kamen aus dem Gefängnis zurück. Sie halfen, das Nötigste, was die Familie behalten durfte, zu pakken. Auf die Verwandtschaft wurden Mutter und Kinder verteilt. Augusta landete bei einer Tante, die ein schönes Haus auf dem Land bewohnte.

Jubelnd hatten die Kinder in früheren Jahren dort gespielt. Für die Damen gab es Kaffee und Likör, die Herren spielten Schach — Kognak dazu, versteht sich. Die Kinder, heißgetobt aus dem Garten — Cousins und Cousinen. Frische Milch und viel Kuchen gab es — damals.

Augusta wurde gesagt: »Du begibst dich nach oben, in der Dachstube ist Frl. W., sie näht für uns, du kannst ihr helfen, die Säume zu richten.

Im übrigen ist es klar, daß es einmal so kommen mußte mit deinem Vater, das war vorauszusehen.

Er wollte ja nie Vernunft annehmen. Wie oft hat sich der Onkel mit Max gestritten — diese umstürzlerischen Ideen! Unsere Regierung hat Ordnung ins Land gebracht — die kriminellen Elemente sind von der Straße — der Onkel trägt jetzt die Uniform der neuen Herrschenden und das ist gut so. —

Du brauchst nicht mehr ins Lyzeum gehen, wozu das? kostet nur Geld.«

Augusta fühlte in ihren Adern die Eiskristalle, schwieg und beugte sich tief.

Einmal rief der Cousin: »Komm, du, spielen wir Schach.« Er spielte hervorragend, das wußte

sie. Augusta war nie eine besonders gute Schachspielerin gewesen, aber nun war ihr klar »dieses Spiel muß ich gewinnen, oder ich bringe mich um.«
Das Schachbrett vor ihr — die Figuren standen da, so gerade und kalt, mit harten spitzen Ecken. Da mußte sie hinüber — über dieses Gitter — versuchen, den Läufer anzuspornen — mit dem Springer Hürden zu nehmen — die Bauern mußten geschlossen marschieren, der Turm die Flanken schützen. Die gegnerische Dame — plötzlich in die Enge getrieben, wurde liquidiert — Schach — und Matt! Die Eiskristalle im Blut, stand sie leise auf mit einem kleinen, bösen Lächeln auf den Lippen und ging in ihre Dachstube zurück.
Nach dem Krieg wurde der Onkel in seiner Fabrik aufgefunden — er hatte sich erhängt.

## Im Büro

Augusta besuchte einen Schreibmaschinenkurs im Schnellverfahren. Sechs Wochen später hatte sie schon eine Anstellung in einer Waggonfabrik als Stenotypistin. Schreibmaschine und Stenographie konnte sie nicht. Aber sie begann ihre Arbeit in einem kleinen Büro, hinter Glasscheiben. Ihr gegenüber die Kollegin Trude. Sie tippte wie der Teufel, schnell, sauber, Unmengen Briefe, für den Chef natürlich. Augusta wurde mehr von den Chargen gebraucht, junge flotte Herren, »souverän« diktierend. Wenn Augusta mit ihrem Stenoblock zurückkam, schaffte Trude es, den

Sinn des Geschriebenen zu entziffern. Ihr hatte Augusta es zu verdanken, daß sie nicht bereits nach einem Monat gefeuert wurde.
Im Büro — Augusta fühlte sich wohl — man stellte doch etwas dar, so als Schreibkraft — eine wichtige Persönlichkeit! Die Pausen gestalteten sich die Mädchen fröhlich. Sie kauften Ölsardinen und tauchten die frischen Brötchen in die Sauce. Dazu wurde Kaffee gekocht, auf einem Spirituskocher hinter den Aktenschränken.
Riesige Folianten aus dem Versand wurden auch von Augusta bearbeitet. Die Tätigkeit bestand darin, Zahlen, die Waggons bezeichneten, in andere Kästchen auf wieder andere Akten zu übertragen. Diese Bücher gingen dann an die Auslieferung und die Waggons wurden entsprechend eingesetzt. Augusta übertrug eifrig irgendwelche Zahlenkolonnen von einem Buch ins andere.—
Heute noch stehen verstreut in Lagerhallen oder auf Abstellgleisen Waggons, mit Zetteln beklebt, Zahlen darauf, in fremden Städten und niemand weiß, wie sie dort hingelangt.
Wenn Augusta auch das Metier nicht beherrschte, so hatte sie doch Ideen: Den gleichen Text an zehn oder mehr Firmen einzeln zu schreiben, das machte nur eine Dumme. Augusta war schlau. Sie klemmte alle zehn Briefbögen, doppelt mit Durchschlägen auf einmal in die Schreibmaschine. Das viele Papier sprengte fast die Haltevorrichtung, aber es wurde festgezurrt. Erst später merkte sie, daß ja auch noch die Adressen auf den Briefkopf mußten — nun, eine kleine Fehlkal-

kulation. Als die Kollegin Trude vom Diktat kam, sagte sie:
»Du sollst mal zur Direktion kommen, warum, weiß ich nicht.«
Augusta wußte es auch nicht, aber als sie dann zum ersten Mal die 'Heilige Halle' betrat, war alles klar. Auf dem achtungsgebietenden Schreibtisch, hinter dem gewaltig der Chef thronte, lagen ihre Briefe ausgebreitet, man konnte allerdings nur einige als solche bezeichnen, denn von Blatt zu Blatt wurde die Schrift immer blasser und die letzten Bögen waren weiß und unbeschriftet.
Der Direktor schaute auf:
»Tja, was soll denn das bedeuten?« und klopfte mit den Fingern einen Trommelwirbel auf den Schreibtisch.
Augusta, völlig vernichtet, raffte das Papier zusammen, beim Hinausgehen noch eine kostbare, mit Blumen gefüllte Kristallvase vom Chefschreibtisch wischend. Sie bückte sich, um das ganze Zeug, das nun den Perserläufer zierte, aufzuheben, aber der Mann winkte nur stumm ab und Augusta wankte hinaus.
»Ich weiß nicht«, dachte sie aufatmend im Treppenhaus, »diese Bürokarriere, das hat nicht viel Zukunft für mich.«

## Heimat

Als Augusta nach dem Läuten die Tür der kleinen Wohnung öffnete, stand der Mann da. Sie sah als erstes den kahlgeschorenen Kopf, dann die merkwürdig graue Haut, die sich wie Pergament über die mageren Wangen spann-

te. Die Brille — ja, die randlose Brille, an Bändern über den Ohren fest gemacht. Daran erkannte sie den Vater. Ein seltsam leerer Blick traf sie, und Freude konnte nicht aufkommen, die Knie gaben so ganz langsam nach. So mag es wohl sein, wenn jemand im Moor versinkt, und Schlamm füllt schon den Mund und das Schreien erstickt.
Max lag wochenlang im verdunkelten Zimmer, und das Entsetzen, das, was er mitgebracht hatte, was in seinen Kleidern war, das kroch durch die Türritzen, das schlug jedem das Lächeln in den Mund zurück. Und er stand auch wieder auf, verließ das Haus mit einer Aktentasche, Mantel und Hut, und eine neue Wohnung wurde gefunden, Möbel gekauft.
Nur er bewohnte jetzt ein Zimmer für sich allein, darin ein Bett, ein Tisch, der Vorhang am Fenster zugezogen bei Tag und Nacht.

## Kohlköpfe

»Der lebt ja noch«, dachte der Häftling Ernst T., als er den letzten Spatenwurf auf das frisch ausgehobene Erdloch warf. Als der Lageraufseher verschwunden war, schaufelte er mit Windeseile den zerschundenen Körper wieder aus und schleifte Max im Schatten der Dunkelheit hinter die Baracken. Ernst hatte die Gärtnerei unter sich, als Arzt konnte er sich aber mit Hilfe der Genossen das eine oder andere Medikament beschaffen. Er bereitete ein Lager unter den Kohlköpfen und pflegte den Gefährten, so gut es ging.
Keiner hatte Max totgemeldet, und so schlepp-

ten ihn die Kameraden täglich auf den Apellplatz, stützten ihn, ohne daß es den Wachmannschaften auffiel, bis er wieder alleine stehen konnte. Monate später betreute ein anderer Häftling die Gärtnerei; man hatte die Medikamente gefunden und Ernst gezwungen, alle einzunehmen und herunterzuschlukken. Der neue Häftling in der Gärtnerei brauchte kein Arzt zu sein, um festzustellen, daß sein Vorgänger, den er da eingraben mußte, tot war.

## Über Steine fliegen

»Der ist verreckt, das Aas«, sagte der schöne Günter, wie der Bewacher vom Steinbruch im Lager allgemein genannt wurde, und gab dem leblosen Bündel Knochen, das einstmals ein Mensch war und jetzt dort röchelnd im Eisdreck am Boden lag, noch einen Tritt mit dem Stiefelabsatz. »Voller Entsetzen sahen wir«, berichtete Max, »wie sich in Herberts zerschundenem Gesicht noch einmal langsam die Augen öffneten. Die waren ganz blau, glaub mir, Kind, ganz blau, wie der klare Winterhimmel über dem Steinbruch, in dem wir in eisiger Kälte die schweren Felsbrocken zerkleinerten und auf Schubkarren verladen mußten.
Herbert blickte dem Schergen gerade ins Gesicht, der ihm wutschnaubend den Rest gab.«

Am Vorabend in der Baracke, als wir zum ersten Mal im Lager leise die »Moorsoldaten« summten, da war es Herbert, der plötzlich die

Hände von den mageren Knien nahm, uns alle anblickte mit diesen durchdringenden blauen Augen und flüsterte: »Ja, Genossen, glaubt mir, glaubt daran, immer kann nicht Winter sein. Ich weiß es, eines Tages, da werden wir über die Steine fliegen, fliegen in ein besseres Leben, und niemand wird uns da aufhalten.« Jetzt lag Herbert da, die Augen weit aufgerissen und rührte sich nicht mehr. Doch plötzlich wie auf geheimes Kommando, hoben wir unsere Spaten hoch — hoch über unsere kahlgeschorenen Köpfe — und verharrten so — schweigend — alle — plötzlich ohne Furcht vor dem Schergen, der fassungslos dabei stand, ehe er uns mit sich überschlagender Stimme wieder zur Arbeit antrieb.

...süßer die Glocken nie klingen, als zu der Weihnachtszeit..

Am Heiligen Abend gab es Gänseklein mit Kartoffelpüree und Apfelmus. Irgendein Glöcklein erklang, und die Kinder durften ins Weihnachtszimmer. Der strahlend geschmückte Baum war jedes Jahr von neuem eine selige Überraschung. Die Geschenke lagen unter den Zweigen, doch es war leider unmöglich, auf den ersten Blick zu erkennen, wem was gehörte, so sehr man sich auch bemühte. Jetzt galt es, sich zu beherrschen, denn zuerst kamen die Feierlichkeiten. Die Kinder postierten sich vor den Baum, sagten ihr Gedicht auf, dann Gesang:
»Glocken mit fröhlichem Klang
Tönet die Erde entlang....«

Endlich, endlich ging es ans Auspacken der Geschenke, und glücklich hockten die Kinder vor ihrem Krempel, denn von den vielen Wünschen ging ja immer einer mindestens in Erfüllung. Von allem, was man sich so sehnlichst vor dem Fest erhofft, war ja gerade das Geschenk, was man auch wirklich bekommen hatte, das allerschönste.
Die Mutter ging in die Küche, um Fräulein Malli beim Kochen zu helfen. Der Vater steckte neue Kerzen an den Baum, um dann, mit seinem Glas Wein im Sessel sitzend, den Geschwistern beim Spielen zuzuschauen.
Jetzt wurde kein Weihnachtsbaum mehr aufgestellt und keine Kerzen entzündet: »Wir standen auf dem Appellplatz«, berichtete der Vater, »auf dem Stunden vorher die Häftlinge Tannenbäume aufrichten mußten. Die Schergen griffen willkürlich den einen oder anderen aus unseren Reihen und die wurden dann an den Bäumen aufgeknüpft.«
»Ein Lied!« ertönte das Kommando über den Lagerplatz.
»Ein Weihnachtslied!« und die Häftlinge sangen, und die Kameraden an den Christbäumen wurden angezündet und sie brannten wie die Fackeln und der helle Schein drang weit über die Stacheldrahtzäune des Lagers hinaus, in die glockenklingende Christnacht.

## Vierfrucht-Marmelade

Der Arzt kam jetzt oft ins Haus und gab eine Spritze gegen die Schmerzen. Die Schlafzimmertüre blieb längere Zeit fest verschlos-

sen und bebend vor Entsetzten hörte Augusta den Vater stöhnen. Einmal nur hatte er der Tochter gesagt, daß das, was die Henker im Lager mit den Häftlingen gemacht haben, einen Menschen, wenn er die Mißhandlungen überlebte, in eine andere Welt geworfen hat. »Es ist nicht möglich,« sagte er, »sich aus dieser tiefsten Erniedrigung, in die dich eine Folterung versetzt, wieder zu erheben. Du bringst den Kopf nicht mehr hoch und den kalten Haß, den wirst du nie mehr los, nie mehr.«
Hut und Mantel des Vaters hingen wieder in der Diele. Jeden Tag mußte er sich auf dem Polizeirevier melden. Nur mühsam erhielt er die Erlaubnis, die Stadt geschäftlich, falls es notwendig war, zu verlassen. Augusta nahm ihre Studien in der Kunstschule wieder auf und malte und zeichnete begeistert. Viel später erst konnte sie ermessen, was es den Vater an Energieaufwand gekostet hatte, unter den gegebenen Umständen eine neue Existenz aufzubauen. Es war ihm ja alles genommen worden. Im Gefängnis mußte er eine Verzichterklärung auf seine Firma unterschreiben.

Mittellos stand er da. Von Tür zu Tür ist er um Arbeit gelaufen. Ein ehemaliger Geschäftsfreund brachte den Mut auf, ihn mit der Vertretung seiner Fabrikate zu betreuen. Doch oft genug stand er auf der Brücke, blickte sehnsüchtig dem reißenden Strom nach, und nur ein kleiner Sprung hätte all seine Probleme mit sich fortgetragen.
Augusta verbrachte ein Jahr in einem Frauenarbeitslager. Die Herrschenden hatten es

eingerichtet, um, wie sie sagten, die Jugend zu schulen. Sie arbeitete hart bei den Bauern auf dem Feld und lernte, zu überleben, mit dem Kopf, nicht mit Körperkräften.

Um vier Uhr in der Früh rannten die Mädchen, nur mit dünnem Turnzeug bekleidet, im Stockfinsteren durch das Dorf, von den verblüfften Bauern mit Kopfschütteln beobachtet.

Augusta hatte man direkt bei ihrer Ankunft im Lager als Stadtpflänzchen und Neuling in den Schweinestall gesteckt. Dort stand sie nun mit den Stiefeln im Mist. Entsetzt flüchtete sie auf einen umgestülpten Eimer in der Ecke, von dem grunzenden Vieh umgeben. Doch irgendwann einmal galt es zu handeln, so nahm sie die Harke, scheuchte die Schweine ins Freie und begann, den Stall auszumisten.

Abends dann im Schlafsaal, waren die Betten feucht und klamm. Die Mädchen mußten sich warm schütteln, doch letztlich, die Erschöpfung haute einem die Augen zu.

In der Frühe wieder schrille Pfiffe, draußen antreten, und singen und rennen und singen. Kübelweise Wasser auf die Fußböden schütten und wischen und schrubben. Vierfrucht-Marmeladebrote zum Frühstück und so gestärkt auf den Bauernhof. Dort angekommen, ging Augusta die Stiege hinauf in die Kammer. Der alte Bauer lag dort gelähmt. Der war aber so dünn, sie konnte ihn alle Tage allein neu einbetten.

Unten in der Küche das jüngste Kind im Wagerl. Der Hals trug den Kopf nicht. Immer wieder rollte er auf den Kanten auf und das Essen floß ihm aus dem Mund, wenn Augusta

den Kopf nicht an der Rückenlehne festband. Der Gestank dort in der Kuchel war schlimm, doch ein Fenster durfte nicht geöffnet werden. »Mir habn nix zum Heizen«, sagte die Bäuerin und Augusta versuchte, die Luft anzuhalten. Das Essen schmeckte ihr trotzdem, — eingesurtes Fleisch aus dem Faß, Kartoffeln und Apfelmus. Die Knochen flogen durch die Stube in die Ecke, wo die Hunde lagen. Aufgrund der ewigen Friererei bekam Augusta eine schwere Diphterie und landete auf der Quarantänestation des Krankenhauses. Dort dämmerte sie im Fieber einige Wochen dahin, bis der Vater sie abholen durfte.
Zu Hause, keiner wollte es dem anderen zugestehen, aber jeder Tag hatte jetzt so einen Knacks wie von zerspringendem Glas, unüberhörbar begleitete es jeden ihrer Schritte. Still hielten sie sich in der Wohnung. Draußen galt es, nicht aufzufallen. Doch es gab Grenzen der Anpassung, um zu überleben, die sie stillschweigend und unbesprochen nicht überschritten. Sie rissen zum Beispiel nicht, wie die Menschen jetzt im Lande, zum Gruß den rechten Arm hoch — und es ist auch nicht von ihnen verlangt worden.

## Die Gesellschaft

Trudes Schwester gab eine Gesellschaft. Das heißt, diese Bezeichnung ist vielleicht etwas übertrieben: die Gesellschaft bestand aus der Gastgeberin Maria, die sich Mary nannte, Trude, Friedrich und Augusta.

Maria, oder besser Mary, hatte bereits eine eigene Wohnung.
Sie wohnte zur Untermiete bei Frau Küppers. Frau Küppers hatte die Festivität erlaubt, sie stiftete sogar den Kartoffelsalat dazu. Es wurde getanzt. Friedrich, gerade 17 Jahre alt geworden, ein unschuldiger Jüngling, erwies sich als Salonlöwe. Er tanzte ausgiebig mit der Gastgeberin Mary, die schon 25 Lenze zählte und Dauerwellen trug. Gegen 10 Uhr mahnte Augusta den Bruder zum Aufbruch. Doch davon konnte nun keine Rede mehr sein.
Wange an Wange tanzte Friedrich mit Mary und weigerte sich, mitzukommen. Trude schlief bereits auf dem Sofa, sie war nicht mehr beteiligt. So schob Augusta bekümmert allein ab und hatte das dumpfe Gefühl von drohendem Unheil. Zu Hause angekommen, stellte sie erleichert fest, daß die Eltern schon schliefen.
Trotzdem überlegte sie fieberhaft, was tun, damit der Vater, sollte er in der Nacht einmal nachschauen, ob die Beiden zu Hause sind, nicht merkt, daß Friedrich nicht in seinem Bett liegt. Da fiel ihr Blick auf Ilsebill, die Puppe. Kurzerhand legte sie diese in des Bruders Bett und ließ nur die blonden Haare auf dem Kopfkissen herausschauen, so, als läge der schlafende Friedrich dort. Trotz dieser so überaus schlauen Transaktion lag sie von Panik erfüllt wach, als endlich im Morgendämmer die Haustür ging und der »Ladykiller« in seinem Zimmer verschwand..
Nun konnte sie ruhig einschlafen — die Eltern hatten nichts gemerkt. Als sie dann später alle

beim Frühstück saßen, und sie es doch einmal wagte, von ihrem Teller aufzuschauen, irritierte sie das feine, spöttische Lächeln, das um die Mundwinkel des Vaters zuckte.

## Spatz

Man mußte höllisch aufpassen, daß man sich nicht an den rostigen Ketten der Pontons die Glieder zerschmetterte. Sie schwammen in stockfinsterer Nacht den Fluß hinunter, zwischen den Pfeilern durch, welche die Brücken der Dampferanlegestellen trugen. Es war nichts zu erkennen, nur das Rauschen der Wellen und der keuchende Atem der Freunde war vernehmbar. Augusta fürchtete sich so sehr, daß ihr jedesmal das Herz in kurzen, harten Schlägen gegen die Rippen pochte. Aber dann am Ufer im schnellen Lauf zu den Zelten zurück.

Aus dem nahen Wald wurde Holz herbeigeholt. Nackt standen dann alle da, starrten nur still in die Flamme und wärmten ihre mageren, jungen Körper am Feuer.

Der Junge hieß Spatz, er war erst das zweite Mal mit beim Zelten. Er hatte noch einen Freund dabei, großschlächtig, unbeholfen, fast sprachlos. Spatz gab ihm seine Befehle, Bolz oder Bots oder so ähnlich hieß der.

Spatz war sehr schön, jeder starrte ihn verzückt an. Eines Nachts saß er mit Augusta noch allein am Feuer. Plötzlich, ohne Vorwarnung, warf er sich auf sie und versuchte mit Händen, Körper und allem überhaupt zwischen ihre Beine zu gelangen. Ein stummer

Kampf entbrannte, lautlos, mit zusammengebissenen Zähnen, wehrte sich das Mädchen, mit Tränen der Wut über die zerstörte Freundschaft. Sie schaffte es, sich zu befreien, kroch auf allen Vieren in irgendein Zelt, weinte verbissen .
Am folgenden Tag war Spatz verschwunden. Sie sahen ihn nie wieder. Er fiel im Krieg, mit achtzehn Jahren, irgendwo in Frankreich.

## Der Eisbach

Die Cousine holte Augusta vom Bahnhof ab. Uschi saß auf dem Rad, an der Hand hielt sie ein zweites, das war für den Besuch bestimmt. Es regnete in Strömen und die beiden Mädchen fuhren los, eine Stunde brauchte es bis zum Häuschen der Tante, das mitten zwischen Bergen lag. Sie sangen aus vollem Hals und radelten durch die spritzenden Furchen der Feldwege und die tropfenden Haare klatschten in die lachenden Gesichter. Die Mutter war bereits früher dort angekommen, und die Frauen hatten riesige Bleche Pflaumenkuchen gebacken; Kartoffelsalat gab es, Würstchen und große Kannen dampfenden Kaffees. Die Mädchen badeten im Eisbach, der hinter dem Häuschen vorbeifloß und abends, ja, da gab es Musik. Die Tante spielte Klavier, Uschi Gitarre und Augusta hatte ihre Blockflöte dabei. Sie beherrschte das Instrument nicht, aber es wurde musiziert, was nur an Tönen heraus kam.
Ab und zu trafen Briefe von Johannes aus dem Krieg ein. Die Entfernung vergrößerte sich

immer mehr, wurde ganz unwirklich. Die Mädchen saßen auf dem Bett, Augusta las vor und Uschi war ganz aufgeregt: einen Freund zu haben, der Briefe schrieb, als Soldat aus fernen Ländern, das war was unerhört Erwachsenes, wie eine richtige Frau beinahe. Augusta dachte: stimmt, das ist was Tolles, und sie rollten sich in ihre Decken, schliefen ohne Pause, bis der Kaffeeduft sie weckte am nächsten Morgen. Große Sträuße Blumen schmückten den Frühstückstisch, Tante Hede hatte sie gepflückt und frische, warme Brötchen geholt.
Dann mußte die Tante plötzlich einige Tage im Bett verbringen, so eine Magenverstimmung, dachte sie, aber die Schmerzen wurden stärker, sie legte sich heiße Umschläge auf den Leib, das linderte ein wenig. Im Krankenhaus konnte man bei der Notoperation nur noch feststellen, daß der Blinddarm durchgebrochen war. Man begrub sie auf dem nahen Dorffriedhof, mit ihr das Klavierspiel, frühstücken unter den Sommerbäumen und den Gesang, der nun nicht mehr mit dem Wind über den Eisbach herüber wehte.

## Malta

Sie fuhren mit den Eltern zu Bekannten aufs Land. Deren Haus lag inmitten von Obstbäumen und hatte zwei Eingänge. Augusta ging hinten herum und trat in die kleine Küche, die wunderschön warm und gemütlich war. Es roch dort nach frisch gebackenem Kuchen, milchig süß nach Hefe und Äpfeln.

Auf einem Hocker saß ein schmaler, blonder Junge mit grünen Augen. Er hielt eine Kaffeemühle zwischen den Knien und mahlte Kaffee. Sie blieb stumm an der Tür stehen. Der Junge blickte auf und sie sahen sich an. Die Küche füllte sich kugelrund mit Glück.
Augusta setzte sich neben ihn und sie begannen sofort zu erzählen, alles, was sie je gedacht, gehört und gefühlt hatten. Die Leute im Haus schrien nach Kaffee. Ab und zu kam einer in die Küche, ging kopfschüttelnd wieder.
Später trafen sie sich täglich, spazierten den Fluß entlang, setzten sich in eine Teestube. Claus schrieb fieberhaft Gedichte, brachte ihr die Blätter.
Da wuchs eine winzige, eine selige, eine ganz zartflügelige Liebe heran. Doch sie wagten kaum, sich zu berühren, gab es doch Augustas Versprechen an Johannes, und das galt. Sie sagte es ihm, Claus verstand das auch und ging so still, wie er gekommen war.
Er meldete sich freiwillig zur Front.
Nicht viel später erhielt Augusta die Nachricht: Leutnant Claus S. mit seinem Flugzeug über Malta La Valetta abgestürzt. Er war neunzehn, als er starb.

## Die Feldstaffelei

Der Tee auf dem Tisch vor ihr war schon kalt, aber sie mußte ja noch eine Stunde hier sitzen bleiben. Vor allen Dingen durfte niemand in der Konditorei merken, wie peinlich ihr das war — zwei Stunden allein mit einem Tee und einem Brötchen. So schaute sie also gelang-

weilt in die Runde und übte gelassene Weltgewandtheit. Wenn der Kellner sich erkundigte, ob sie noch etwas wünsche, so entgegnete sie: nein danke, erwarte noch jemanden, ich bin verabredet. Ein Jahr besuchte sie bereits diese Schule in der Nachbarstadt und von allem waren die langen Mittagspausen das Schlimmste. Die anderen Mädchen wohnten hier, kannten sich untereinander. Augusta blieb isoliert.
Sie tat auch mittags nach dem Unterricht immer so, als hätte sie es furchtbar eilig, damit nur ja keine der Mitschülerinnen merken sollte, wie allein sie war. Sie lief einsam durch die trostlose Kleinstadt, in der die Webeschule lag, an den eintönigen Auslagen der Geschäfte vorbei. In Augusta zog sich etwas ganz fest nach innen zusammen, wie eine schwarze gallertartige Masse, die ihr bis in den Hals quoll.
Sie begriff überhaupt nicht, was in der Schule gelehrt wurde, das Teppichweben, diese Musterzeichnungen, die sie da anfertigen sollte, kleine Kästchen malen und die dann ausfüllen mit verschiedenen Farben, was sollte das bloß werden. Sie hörte zwar die Stimme des Lehrers, verstand aber seine Erklärungen nicht. Worum ging es denn? Nur in der Modezeichenklasse, da gefiel es ihr. Sie zeichnete Modepuppen, ganze Hefte voll, eifrig — das machte ihr Spaß. Der Professor sah sich das an, äußerte sich anfangs dazu noch nicht. Munter sprangen in Augustas Zeichenblöcken die Gnome herum, die kräftigen Hände umspannten die runden Hüften der »Modemäd-

chen«, die mit prallen Busen und Schenkeln die Seiten füllten. »Du da«, sagte der Vater eines Tages, »dein Professor hat mich heute angerufen, dieses Weben und Modezeichnen, das lernst du nie, hat er gesagt. Du wirst eine Malerin!«
Und damit begann die schöne Zeit der Stilleben und Naturstudien in der Malschule. Tempera, Pastellkreiden und Kohlestift auf Packpapier — und hinaus ins Freie, die Feldstaffelei geschultert.

## Schmetterlinge

Sie hatte ihr Köfferchen gepackt, setzte sich mit dem Freund in den Zug, und sie fuhren von dannen. Zwei Tage durfte sie von zu Hause fortbleiben, und da galt es, eine erwachsene Frau zu werden. Der Zug fuhr am Fluß entlang zu einem verträumten kleinen Städtchen, wo zwei Zimmer reserviert waren.
Augusta zog ihr Nachthemdchen an und legte sich in das frische weiße Hotelbett, schon lieb die Hände auf der Bettdecke.
Alsbald öffnete sich die Tür, ihr Jugendgefährte und zärtlicher Beschützer schob die Decke zurück, legte sich auf sie, stieß hart und schmerzvoll zwischen ihre Schenkel und das Blut tropfte auf das Leintuch.

## Die Reise nach Teplitz

Es war für Augusta recht mühsam jede Nacht, hoch schwanger wie sie war, im Luftschutzkeller zu verbringen.

So schickte der Vater sie zusammen mit der Mutter und deren Schwester zu seinem Freund Emil nach Teplitz.
Auf der Hinreise räumte die Mutter zuerst einmal ein ganzes Coupé aus. »Sehen Sie nicht«, herrschte sie die Mitreisenden an, »sehen Sie nicht, daß meine Tochter schwanger ist? Sie muß die Beine hochlegen.«
Die verdutzten Fahrgäste räumten die Plätze und Augusta ließ sich mit knallrotem Kopf nieder.
Oh Schreck, wie peinlich ihr das war, alles schaute auf ihren Bauch, der sich geradezu unförmig über ihren dünnen Beinen wölbte.
Bei den Verwandten angekommen, saß Augusta den ganzen Tag herum und war unfähig, irgend etwas zu tun. Die Frauen hingegen eilten geschäftig im Haus hin und her. Die Mutter hatte aber bald herausgefunden, daß es in erreichbarer Nähe weder ein Spital noch einen Arzt gab. Also packten die Frauen wieder ihre Koffer und fuhren die drei Tage und drei Nächte zurück.
Als sich das Taxi ihrem Haus näherte, sahen sie einen Mann die Straße entlang gehen, den Hut in den Nacken geschoben und kräftig ausschreitend. Die Mutter bat den Taxifahrer zu halten. »Bitte, rufen sie diesen Herrn dort!« bat sie.
Als Max sich umwandte, traute er seinen Augen nicht, da quollen doch alle Frauen wieder aus dem Auto und Augusta, frohgemut, stand da, das Kind noch immer im Bauch.

## Manuel

Wochenlang lag sie unbeweglich auf dem Rücken. Das Kind hatte man ihr aus dem Leib geschnitten. Die Operationsklammern preßten die Bauchdecke zusammen. Morphium kreiste durch die Gehirnwindungen. Das Zimmer im Spital ließ nur wenig Licht durch hohe, schmale Fenster. Jeden Tag besuchte sie der Vater, saß im Lehnstuhl am Bettende und las. Ganz still war es. Ab und zu schaute eine Schwester herein, um Puls und Herzschlag zu messen. Riesige schwarze Vögel flogen langsam auf die Fenster zu, verdunkelten den Raum und ließen sich mit weichem Flügelschlag auf ihrem Bett nieder. Sie verscheuchte sie nicht, fühlte sich geborgen unter ihren Fittichen, die warme Hand des Vaters hielt die ihre.

## Ein Kinderbettchen im Keller

Johannes, soeben von der Front auf Urlaub, erzählte den Freunden, die noch nicht eingezogen waren, von der Weite des Landes, das die Truppen durchquerten, von den friedlichen Dörfern, wo die Bauern das Heu einbrachten, wie die Soldateska die Ahnungslosen überfiel und in die Gefangenschaft trieb. Er erzählte von Sonnenblumenfeldern und was die fremden Bauern sprachen: »Der Tag wird kommen, da werden wir euch in eure Städte zurückjagen...«

Und Johannes erinnerte sich, wie er verbittert gedacht hatte:
»Was tue ich hier in diesem Land, was hat mich nur hierher verschlagen?«
Wenn die Luftschutzsirenen ertönten, drängten alle in den Keller.
Augusta wollte lieber nach Hause. Sie zog Johannes auf die Straße. »Hier mußt du gehn, an der Mauer entlang. Wenn die Bomben fallen, treffen dich die Splitter nicht!«
Er lächelte und dachte an seinen durchschossenen Arm, schaute staunend auf Augusta, die vor ihm hereilte und beschwichtigend auf ihn einsprach, damit er sich nicht fürchte.
In der Wohnung der Eltern angekommen, nahmen sie die Wiege mit dem schlafenden Sohn und trugen sie in den Keller. Es krachte ohrenbetäubend von den Einschlägen, und durch das Fenster sah man eine Feuerspur die Straße entlang rasen. Augusta beugte sich über das Kind.
Oft ging sie überhaupt nicht in den Keller, wickelte den Sohn in eine Decke, legte sich aufs Bett und schlief bald ein, das Dröhnen der Geschütze mit in den Traum hinübernehmend.

## Der Polizeiarzt

Johannes holte Augusta und den Sohn in ein kleines Gebirgsdorf, um sie vor den Bombenangriffen zu schützen.
Die Bauern hatten noch, was sie zum Leben brauchten — und mehr. Sie versteckten alles Eßbare sorgfältig vor den Fremden, um es später zu hohen Preisen zu verkaufen.

Jedes Stück Brot, jede kleinste Scheibe Wurst, wenn es so etwas überhaupt noch gab, wurde auf Karten registriert. Jeder Bürger bekam so eine Karte, und es gab darauf gerade soviel Lebensmittel, daß der Mensch nicht verhungerte.

Augusta haßte die Berge, die sich unabänderlich vor ihrem Fenster aufbauten. Das winzige Häuschen, das Johannes den Bauern abgemietet hatte, besaß nur einen rußenden Kohleofen. Im Hof lag ein alter Baumstamm, durch dessen Höhlung Quellwasser floß, dort wusch sie ihre Wäsche.

Die Mutter besuchte sie immer häufiger, brachte dann etwas zu essen oder trinken mit, zum Beispiel Kaffee! — Da wurde gleich die Bratpfanne aus dem Schrank geholt und die hellen Kaffeebohnen geröstet. Befand sich ein Stückchen Speck im Paket, so gab es auch noch Bratkartoffeln, und das Fest konnte beginnen. Jedoch die meiste Zeit wußten sie nicht, was sie zu essen auf den Tisch bringen sollten.

Kohlköpfe lagerten unter der Kellertreppe und einmal, ja, da wurden heimlich Schafe an die Fremden verkauft. Da sah man am Abend jeden mit so einem Vieh am Strick hinter seiner Haustür verschwinden.

An einem gewöhnlichen Herbsttag war es, da wurde zaghaft an der Tür geklopft. Die Mutter öffnete — Augusta lauschte — es rührte sich nichts — dann ein leiser Aufschrei. Sie eilte ins Nebenzimmer. Auf der Couch lag ein Mann — erst bei näherem Hinsehen erkannte sie ihren Onkel, den Bruder ihrer Mutter. Aber wie sah

der aus. Das Gesicht rotfleckig und aufgedunsen, die Beine unförmig geschwollen, die Schuhe — nur Fetzen an den Füßen. Die Frauen bereiteten heiße Milch und er erzählte: »Im Eisenbahnabteil war es, auf einer Geschäftsreise, ich weiß nicht mehr genau — es sind sicher Monate seither vergangen. Der Herr mir gegenüber — ein Kaufmann wie ich — wir kamen schnell ins Gespräch. 'Ja, dieser schreckliche Krieg, der wird nun gottlob bald beendet sein — zu gewinnen ist der nicht mehr und wir werden endlich wieder Frieden haben', sagte ich. Mein Gegenüber stimmte mir zu. Bei der nächsten Bahnstation ging er hinaus, eine Zeitung kaufen, meinte er. Als wir unser Ziel, die nächste Stadt erreichten, wurde ich an der Sperre von Uniformierten verhaftet und ins Gefängnis geschleppt.
Als die Zellentür hinter mir ins Schloß fiel, wußte ich, das ist das Ende! Eines Morgens wurde ich abkommandiert, den Gefängnishof kehren, das rettete mir das Leben.
Der Angriff der Bombengeschwader kam so überraschend, daß nicht einmal die Sirenen ertönten. Es traf die Stadt mit voller Wucht. In wilder Hast verriegelten die Wärter die Zellentüren der Gefangenen und ließen auf dem Hof die auf den Mann dressierten Hunde frei. Die Bomben trafen die Gebäude und die Häftlinge verbrannten in ihren Zellen. Die Mauern des Gefängnishofes barsten, so daß ich auf die Straße entkommen konnte. Am meisten Angst hatte ich vor den Doggen, aber die versuchten genauso wie ich, sich vor den herabstürzenden Trümmern in Sicherheit zu bringen. Ich

rannte die Straße entlang, bis ich eine Werkstatt entdeckte. Dort vertauschte ich meine Sträflingskleidung mit einem Arbeitsanzug, und wanderte los, nachts — am Tag verkroch ich mich irgendwo.« Als Johannes abends aus der Kaserne kam, bereitete er dem Onkel auf dem Dachboden ein Lager, und der schwerkranke Mann wurde heraufgeschafft.
Sein Zustand verschlimmerte sich jedoch zusehends und die Hilfe eines Arztes wurde unumgänglich. Einen solchen gab es im Dorf. Der lief immer in Uniform herum. Der hätte sie sofort angezeigt, das war klar. Dann wohnte dort noch der Polizeiarzt. Sie kannten ihn nicht, aber es gab keine Wahl.
Johannes fuhr in die Polizeikaserne und holte den Doktor. Wortlos wurde er in die Dachkammer geführt, behandelte den Kranken und ging schweigend wieder.
Die folgenden Tage wurden zur Qual. Alle wußten, noch einmal können sie die Schrekken nicht durchstehen. Ein Wort des Arztes über den Flüchtigen hätte genügt, sie zu vernichten.
Sie wagten sich nicht mehr aus dem Haus. Und der Kranke in der Dachkammer? Was war nun gewonnen? Nun waren sie ja alle wieder dran.
Ein paar Tage später erschien der Doktor, unbeirrt, als gäbe es keine Galgen ringsumher, um nach seinem Patienten zu sehen und ihm die notwendigen Medikamente zu bringen.

## Honig

Es war ein schneidend kalter Winter und Johannes versuchte, die Fenster abzudichten, damit der scharfe Wind nicht das Feuer im Herd löschte, denn Brennmaterial war rar. Die Adventskerze flackerte bedenklich. Augusta starrte durch das winzige Fenster auf die stockfinstere Dorfstraße, und plötzlich erinnerte sie sich an Frau Dr. Theilen, ihre Deutschlehrerin im Lyzeum. Dr. Theilen verstand es, den Mädchen die jährliche Adventsfeier festlich zu gestalten. Nach der Deutschstunde packte die Lehrerin ihre geheimnisvolle Tasche aus und holte duftendes Weihnachtsgebäck hervor. Kerzen wurden angezündet. Einige der Schülerinnen hatten Tannenzweige mitgebracht. So saßen sie im Kreis um die geliebte Lehrerin, die ihnen irgend etwas vorlas.
Oft schaute sie Augusta nachdenklich an, lachte froh und sagte: »Du wirst einmal Großes, sicher aber etwas ganz Besonderes erreichen im Leben.«
Das Mädchen war glücklich über das Lob der Lehrerin. Das hatte sie sich doch auch vorgenommen, den Wissenschaften zu dienen, natürlich eine neue, bessere Welt zu schaffen, den unbekannten Wegen des Geistes zu folgen.
Jetzt plötzlich dort in den Bergen, wo der Krieg sie hinverschlagen hatte, fiel ihr das alles wieder ein. Ja, sie hatte schon viel gelernt seit damals, als sie die Schule verlassen mußte: sie wußte, wie man mit nassem Holz ein Feuer

entfacht, wie man aus Weißkohl Sauerkraut stampft und aus Tannennadeln mit Süßstoff Honig herstellt.

## Leichtes Gepäck

Als erstes sah man bunte Federn am Fenster vorbeiwippen, dann stand die Mutter vor der Tür. Der Vogel entpuppte sich als einer ihrer abenteuerlichen Hutgebilde, die sie zu tragen pflegte, die mit Spitzenhandschuhen bekleideten Hände balancierten Koffer und Schachteln.
Sie war mal wieder da, das heißt, Max hatte sie auf die Bahn gesetzt. Die Wohnung am Fluß hielt nur noch notdürftig zusammen. Immer wieder zersplitterten durch die Bombenangriffe Fenster und Türen, und unermüdlich ließ Max alles wieder richten.
Er verließ nicht die zerbombte Stadt. Wein tauschte er in der Bar, wo er morgens seinen Aperitif trank, gegen Rasierapparate, die er zum Verkauf anbot. Mit dem Schwager wurde am Abend Schach gespielt. — Die Allierten rückten näher. Alle Anzeichen deuteten auf den baldigen Zusammenbruch der Schrekkensherrschaft hin.
Die Lebensmittel wurden knapper, die kriecherische Haltung des größten Teils der Bevölkerung lockerte sich ein wenig. Meldungen von der Front klangen hysterisch aufgedonnert und es gab Hoffnung, Hoffnung für die Unterdrückten.
Aber noch starben Menschen am Galgen wegen eines unbedachten Wortes oder wur-

den verraten beim Kampf gegen den Terror. Immer weniger erzählte der Vater, wenn er Augusta im Häuschen in den Bergen besuchte. Er saß im Schaukelstuhl vor dem Haus und las oder er lag stundenlang auf der Liege, das Wasserglas neben sich und entschwand immer mehr den Blicken seiner Umwelt.
Die Eltern hatten einmal wieder die Absicht, trotz der Bombenangriffe in ihr Haus am Fluß zurückzukehren.
Als der Zug bei der Heimfahrt über die Brücken fuhr, brannte die Stadt lichterloh. Das Haus, in dem sie gewohnt hatten, gab es nicht mehr — und nichts wurde gerettet aus den Trümmern, weder Menschen noch Sachen. Die Eltern nahmen den nächsten Zug zurück — es gab also nichts mehr, nichts wichtiges, wie leicht war das Gepäck!

## Zigaretten aus Amerika

Glücklich war Max mit Manuel, dem Enkel, den er auf dem Arm herumschleppte, ihn Laufen und Sprechen lehrte. Manuels Freund hieß Benedikt. Er war des Schusters Sohn und konnte jodeln. In kurzen Lederhosen stand der vierjährige stämmige Bursche in der dunklen Diele, stampfte die verrotteten Holzbohlen und jodelte. Manuel, aus einiger Entfernung, beobachtete ihn finster, denn, des Lobes voll waren Augusta und der Großvater für den kleinen Künstler. Kurz entschlossen verließ Manuel den Beobachtungsposten und setzte dem Benedikt wütend die kleine, magere Faust auf die Nase.

Ein Jahr später trug man Benedikt in einem prächtig geschmückten winzigen Sarg zu Grabe — Lungenentzündung.-
Die Schustersleute weinten lange.
Die Lebensmittel wurden immer knapper, die gegnerischen Armeen rückten näher, und Augusta und ihre Familie zählten die Kilometer, welche die Befreier noch von ihrem Gebirgsdorf trennten. In einigen Gebieten versuchten sich schon die fortschrittlichen Kräfte durchzusetzen. Da ergaben sich die Soldaten kampflos, um die Bevölkerung zu retten. Johannes hatte in der Kaserne Waffen und Gerät zu verwalten. Gemeinsam mit Kameraden und Offizieren leiteten sie die Transporte um, so daß diese die Front nicht mehr erreichten.
Eines Tages ging das Gerücht, »der Werwolf«, eine Organisation der Herrschenden, geht um, sucht sich die Familien heraus, die nicht regimefest sind, will sie liquidieren.
Max und Johannes holten ihre Pistolen hervor, die sie vergraben hatten. Augusta mit Mutter und Sohn wurden zu zuverlässigen Freunden geschickt, die nicht auf der Liste standen. Die Männer verbarrikadierten sich im Dachboden des Hauses. Nicht kampflos wollten sie sich ergeben. Sie warteten eine lange, bange Nacht. Als der Morgen graute, wurden sie von einem wilden Getöse aufgeschreckt. Sie eilten aus ihren Verstecken. Auf dem Marktplatz waren fremde Panzer aufgefahren. Die Bevölkerung riß Blumen aus den Beeten, warf sie jubelnd den Soldaten auf die Tanks und diese verteilten breitlachend Zigaretten.

## Whisky

Roy rief Augusta an und bat sie noch in den Club zu kommen, er möchte die Partie Rommé zu Ende spielen.
Es war Silvester, und sie wollten, bevor die Gäste kamen, ins Theater. Augusta und Johannes hatten eine Menge Leute eingeladen und den Abend vorbereitet. Das klumpige, feuchte Brot wurde in dünne Scheiben geschnitten und auf der Ofenplatte geröstet, mit Salz bestreut schmeckte das wunderbar. Roy hatte gegen Zigaretten Wurst beim Bauern getauscht, die wurde gebraten.
Johannes wollte unbedingt noch die Räume mit irgendwelchen Luftschlangen und Ballons dekorieren, und so fuhr Augusta alleine in den Club. Sie schaute den Kartenspielern zu. Roy klemmte seinen Gewinn zu den anderen Dollarnoten in seine Heftklammer. Alles wurde um Geld gespielt, auch die Partie Tischtennis, wo er rund und fröhlich wie der Ball selbst um die Spielplatte herumsprang.
Endlich saßen sie im Taxi — eine Flasche Whisky für alle Fälle dabei. Gut gelaunt wurde die Flasche entkorkt, ab und zu ein tiefer Schluck genommen, weil Neujahr war.
»Warum denn schon aussteigen?« schrie Augusta, »die Fahrt ist doch so lustig, im Theater sind zuviel Leute.« Es ist ja kaum Platz, alles wogte und schob, und ein ohrenbetäubendes Summen erfüllte den Raum. Die Vorstellung hatte schon begonnen, Augusta sank in den weichen Sessel und starrte auf die Bühne.
Zwei Männer und zwei Frauen gestikulierten dort. Aber wenn sie die Augen halb schloß,

befanden sich nur zwei Personen auf der Bühne — dann wieder vier. Die Frau und der Mann, die waren doppelt, das ist sicher — und vielleicht gehe ich besser hinaus, dachte sie und tastete sich im dunklen Theater an der Wand entlang zum Ausgang hoch. Durch die Logentüre drang ein Lichtstrahl — und dann war es ganz hell. Sie lag auf einer Bahre, und fremde Gesichter beugten sich über sie. Es roch abscheulich und sie fühlte sich hundeelend. Roy schleppte sie ins Auto.
Die Silvesterparty war auf dem Höhepunkt; Flaschen wurden entkorkt, Musik aus dem Grammophon, Boogie-Woogie, Küsse, Umarmungen, Fuchteln, Prost! Prost! Neujahr!
Auf einem Stuhl an die Wand gedrängt, saß Augusta bleich und dachte: »Wie kann man sich nur so aufführen, wegen so'nen bißchen Whisky.«

## Möbeltransport

Als Augusta die Tür öffnete, stand der Soldat vor ihr, die Maschinenpistole geschultert. Einen Moment lang schloß sie die Augen und Furcht überfiel sie, wie damals, als die Uniformierten den Vater abholten.
»I am okay, I am a little boy«, sagte Manuel, der sich an ihr vorbei gedrängt hatte, um zu sehen, was los war. Der Amerikaner lachte und sagte: »Sorry, es ist nicht o.k., Sie müssen aus dem Haus. Das ganze Viertel wird geräumt. Wir brauchen die Häuser für unsere Familien, die aus den Staaten nachkommen.«
»Ja aber, wir haben eine Bescheinigung,

politisch Verfolgte — verstehen Sie?«
»Das kann ich nicht entscheiden«, sagte der Mann, »bis heute abend müssen Sie hier raus sein.«
Augusta rief Roy an, der kam sofort, und sie sah, wie er im Garten auf den Soldaten einsprach, erklärte, daß es sich hier um einen Sonderfall handelte. Die Leute kann man nicht einfach aus dem Haus werfen. Der Mann entfernte sich, kam aber nach einer Stunde zurück: »Leider, es ist nichts zu machen! Sie müssen raus, einige Sachen können Sie mitnehmen.«
Johannes mietete sich einen Kombi und lud die alte Truhe, den geschnitzten Schrank und einige Stühle auf den Wagen. Max nahm seinen Hut und Mantel und sah noch beim Hinausgehen, wie der Uniformierte die Waffe ablegte und sich auf seiner Couch ausstreckte.

## Das Eichhörnchen

Es war nicht möglich, John, dem Freund von Christine klar zu machen, daß die Leckerbissen,. die er für seine Geburtstagsparty heranschleppte, die Familie einen ganzen Monat ernähren könnten. »Nein,« meinte er, »das brauchen wir alles heute abend.«
Augusta, die Mutter und Cousine Christine seufzten nur und trugen die Sachen in die Küche. John wachte darüber, daß alles auf den Platten angerichtet wurde. Nur für Manuel durfte etwas zurückgelegt werden. Die Villensiedlung war von den Besatzungsmächten beschlagnahmt, und man hatte ihnen dort ein

Haus zugewiesen.
Johannes drehte Filme für die Wochenschau und war viel unterwegs. Augustas Tage waren angefüllt mit Besuchen bei Freunden, der mühsamen Beschaffung von Lebensmitteln, dem Kind Manuel... Manchmal verharrte sie ganz betroffen in ihrer rastlosen Geschäftigkeit, zog sich still in eine Ecke zurück. Es schien ihr dann immer so, als hätte sie etwas vergessen, etwas ganz wichtiges — und tiefe Melancholie erfaßte sie.
Johns Geburtstagstisch war jetzt üppig hergerichtet mit Sandwiches, Käse und Schinken, Nußcreme und Eis, Whisky gab es, Gin und Zigaretten, die waren, schien es, das Wichtigste. Da wurde geraucht, als sollte man einen Waldbrand entfachen. Manuel sammelte später die Kippen, daraus wurden neue Zigaretten gedreht und auch noch hineingewürgt.
Auf der Terrasse waren sie alle versammelt und diskutierten, brüllten, und die Ereignisse aus der jüngsten unseligen Vergangenheit wurden nachvollzogen, und es hätte keinen Faschismus gegeben, wenn man sie, die Jungen, hätte machen lassen, schrien sie, und der Gast, ein Journalist aus der Schweiz, saß staunend dabei.
So hatte er sich die jungen Leute aus dem Land der Schreckensherrschaft nicht vorgestellt. Und er schrieb, nachdenklich geworden, an seine Zeitung:
»Es gibt dort auch noch eine andere Jugend, eine bessere.«
»Obschon, na ja«, dachte er, die Sache mit dem Eichhörnchen, das sie Phillip nannten,

und das nachts plötzlich auf sein Bett gesprungen war, was sollte er davon halten.
Sie hatten wohl das Fenster hinter den geschlossenen Vorhängen aufgelassen, um ihn zu erschrecken. Und er erschrak auch gewaltig, als das gräßliche Tier im Dunkeln an seinem Gesicht vorbei huschte.
Aber das sollte wohl nur ein Scherz sein, und er wandte sich wieder seinen Gastgebern zu. Der ungewohnte Whisky stieg ihnen zu Kopf, jeder wußte alles besser, so und so sind die Verhältnisse, schrien sie fuchtelnd, und persönliche Angriffe folgten.
Da öffnete sich die Tür zu Terrasse, Max stand auf der Schwelle, mager, in seinem gestreiften Schlafanzug im Halbdunkel. Alle verstummten und starrten ihn an.
»Ich darf das richtig stellen, was ihr da diskutiert«, sagte er mit leiser Stimme, klärte mit einigen Worten die Zusammenhänge und schloß dann ruhig die Türe hinter sich, und Augusta sah den Vater wie durch einen Nebel verschwinden.

## Nur ein Flügelschlag

Emil, der war längst umgekommen, irgendwo an der Grenze, in einem Waldstück, hatte man ihn gefunden, und es wurde nie richtig aufgeklärt, was da geschehen war. Max sprach nicht darüber. Der einzige Freund, den er je gehabt hatte, war nicht mehr. Sie hatten zusammen die Jugendjahre verbracht, politische Aktionen Seite an Seite, Straßenkämpfe im Industriegebiet des Landes.

Augusta wurde in diese Zeit hineingeboren. Hoch auf einem Leiterwagen fuhren die Eltern die Tochter durch die von den Arbeitern besetzten Gebiete zu den Großeltern. Stolz hielt die Mutter das Bündel im Arm. Max zeigte bei den Kontrollen seinen Ausweis vor. Als Mitstreiter in der Arbeiterbewegung konnte die kleine Familie passieren.
All die späteren Jahre, auch nach Emils Emigration, blieben die Gefährten in Verbindung. Nach dem Tod des Freundes fühlte sich Max noch einsamer.
Seine Schmerzen konnte auch das Morphium nicht mehr lindern.
Er schloß sich stundenlang in seinem Zimmer ein und ließ niemanden zu sich.
Augustas Bruder war noch in Gefangenschaft, sie selbst lebte in der Stadt. Irgendwie wurde etwas nachgeholt nach den Jahren der Entbehrungen. Feste wurden gefeiert, die nun Parties hießen. Malen und Zeichnen, das machte sie ja schon lange nicht mehr. Da war ein Mensch so richtig um seine eigene Achse gewickelt.
Johannes war gerade mit einem Filmteam, spät in der Nacht, aus Italien zurückgekommen, als das Telefon läutete.
»Komm schnell«, sagte er, »zieh dich an, es ist etwas mit Max!«
Auf der Landstraße im Auto war es ihr, als riß der kalte Nachtwind sie vorwärts. Die Wiesen rechts und links — feuchte, graue Tücher, Raben, die aufflogen und wieder niedertaumelten. Ab und zu ein Stern, der böse herabfunkelte — heruntergelassene Bahnschran-

ken verzögerten die Fahrt. Dumpfes Kettengerasseln der Kühe und das quatschende Geräusch des Morastes, wenn sie sich aufrichteten. Von weit her das Tönen einer klagenden Seele, langgezogenes Heulen der Hunde.
Max hatte die Augen fest geschlossen, stoßweises Atmen. Ein Arm von unzähligen Kanülen und Schläuchen durchzogen, die blaugeschwollene Hand auf der Bettdecke zuckte, der Körper glühte im Fieber. Das feine, scharfe Messer, das er sich in die Brust gestoßen, hatte den Herzmuskel nur gestreift. Doch die Schlaftabletten hatten sich des Blutkreislaufs bereits bemächtigt.
Augusta starrte auf den Vater und fühlte, wie die Eiskristalle in ihren Adern wie Geschosse gegen die Rippen drückten, sie stürzte zu Boden, und das rasende Herzklopfen des Verwundeten vermischte sich mit ihrem verzweifelten Stöhnen.
Als sie am anderen Tag das Zimmer im Spital betrat, waren die Hände mit dem Leintuch bedeckt, das Gesicht des Vaters, bleich und ruhig. —
Verstummt das Wehen des Windes — die Fliege summte nicht mehr — die Pflanze am Fensterbrett hielt den Atem an — kein menschlicher Laut — kein Leid — keine Freude — auch Tränen gab es nicht. Das Lager, auf dem Max lag, weiß und kühl. Vor dem Fenster zogen sie wieder vorbei, große, schwarze Vögel — verloren sich im dunklen Grau der Ferne und kehrten nie mehr zurück.

## Tünnes

Natürlich war das Haus groß, aber so groß war es auch wieder nicht, wenn man bedenkt, wer alles darin wohnen mußte:
Da war zuerst einmal im Parterre ein Filmmensch mit Frau und Tochter, die später nach Amerika auswanderten, dann im ersten Stock die Familie: Augusta, Johannes, Manuel, der Hund Tünnes und das Hausmädchen Bertel, die Zither spielte. Oben im Dachgeschoß wohnten noch die Tante und Cousine.
Eigentlich hatte die Familie überhaupt keinen Platz, da auch die Mutter, die zwar in der Stadt eine hübsche kleine Wohnung besaß, immerzu erschien und zu übernachten verlangte. Für Manuel war die Küche bereits unterteilt mit einem prachtvollen Vorhang; so ergab die eine Hälfte ein Kinderzimmer, aber so gut war das auch wieder nicht, besonders des Nachts, wenn die Gäste, leider mit leerem Magen, jedoch umnebelt von Whisky, dort herumtorkelten und versuchten, sich zu Manuel aufs Bett zu quetschen, um ihren Rausch auszuschlafen. Als Tünnes, ein schwarzer Dachsbastard, der die Menschensprache ohne Mühe verstand, noch allein war, reichte die kleine, dunkle Diele für ihn aus. Aber eines Tages erschien ein riesiger, grauer Wolfspitz, ließ sich nieder und blieb. Sie nannten ihn Gringo. Da war der Vorraum voll, und man mußte im Dunklen vorsichtig über die Hunde steigen, besonders da mit Gringo nicht zu spaßen war. Schlimm wurde es, als ihn ein Auto am Kopf gestreift und in den Straßengraben geschleudert hatte. Er kam ins Haus

und benahm sich merkwürdig; plötzlich zog er das Maul weit über sein riesiges Gebiß zurück und ging bedrohlich knurrend auf die Familie los. Das war eine ganz große Raubtiernummer: Johannes befahl: »Bleibt wo ihr seid!«, wickelte sich einen Pullover um die Hand und faßte blitzschnell der ihn anspringenden Bestie ins Maul, dabei beruhigend auf ihn einredend und ins Freie zerrend. Dort erbrach sich das Tier und hatte bald darauf sein Gleichgewicht wieder.
Die Nachbarskinder hielten sich Meerschweinchen, und die Leute wunderten sich, wo die so immer abblieben. Bis Bertel zum Balkon hinaufbrüllte: »Kommen Sie nur, bitte schnell!«
Tünnes quetschte sich gerade durch den Nachbarzaun, ein zappelndes Meerschweinchen im Maul, warf es Gringo vor die Pfoten — ein Biß — und der Schnee ringsum färbte sich rot. Nachts streunte der fremde Hund umher, und gegen drei Uhr in der Frühe — Hundeheulen.
Bis Johannes meinte: »Ich mache das Tor nicht mehr auf, brauche meinen Schlaf.« Tags darauf war Gringo verschwunden, so wie er gekommen war. Und niemand sah ihn je wieder. Johannes äußerte sich eines Tages so: »Ich für meine Person halte das in dieser Enge im Haus, mit all den Typen, nicht mehr durch. Wir suchen uns eine Wohnung, eine ganz winzige, wo nur wir hineinpassen. Ein Mädchen brauchen wir dann auch nicht mehr, wenn keine Arbeit ist.«
Er begab sich sofort auf Wohnungssuche und fand auch eine.

Die war ideal; sehr klein — zwei Zimmer nur und Kochnische. Die Zimmer extrem winzig, doch das störte nicht, da die Fensterscheiben bis zum Boden reichten, man hatte den Blick auf weiträumige Terrassen unter freiem Himmel, die rings um die Wohnung führten, hoch droben im fünften Stock, Dachgeschoß, von wo aus man die Häuser der Stadt und die Straßenschluchten sehen konnte. Etwas teuer erschien Augusta der verlorene Baukostenzuschuß von DM 10.000.—. Es war nämlich so damals, daß die Mieter den Grundstücksbesitzern den Hausbau finanzierten. Es gab ja keine Wohnungen, war alles zerstört und so war diese Regelung sehr praktisch für die Hauseigentümer, versteht sich. Da der Mensch aber ein Dach über dem Kopf benötigt, zerstreute Johannes mit seinem Pioniergeist alle Bedenken und meinte:
»Das zahlen wir leicht ab.«
Es begann ein herrliches Leben in der Stadt. Augusta hatte immer auf dem Lande gewohnt, und nun lauter Neuigkeiten. Fast täglich durchstreifte sie mit Manuel die Straßen, Warenhäuser, sie aßen Bratwurst mit Brötchen an einem Kiosk. Manuel hatte endlich keinen weiten Schulweg mehr, besaß einen Lift zum Herauf- und Herunterfahren und einen Freund, dem er durchs Haustelefon herunterbrüllen konnte:
»Ich habe keine Lust!« wenn der mit ihm spielen wollte.
Nur einer hatte Schwierigkeiten: Tünnes. So hoch droben und nichts Grünes und dann so oft allein. Sie ließen die Terrassentüre offen,

wenn sie fortgingen. Aber einmal, vom Stadtbummel zurückgekehrt, stand eine Menschenmenge vor ihrem Haus auf der Straße und starrte zum Dach hinauf. Tünnes balancierte außerhalb des Gitters, hoch unter den Wolken und heulte und bellte fürchterlich.
Bald kam dann auch von der Hausverwaltung ein Schreiben: Hundeverbot oder raus aus der Wohnung!
Bekannte wußten Rat: eine ausländische Familie suchte dringend einen netten Hund für ihre Kinder.
So brachten sie Tünnes dorthin. Ein großer wilder Garten erwartete ihn, Steakfleisch lag auf der Hundeschüssel bereit. Doch acht Tage später riefen die Bekannten an:
»Wir wollten euch nicht gleich beunruhigen, aber der Hund winselt Tag und Nacht. Fressen tut er auch nichts.«
Da ging Johannes den schweren Gang zur Tiereinschläferung und kam allein zurück — wachsbleich und verstört.

## Himbeerbonbons

»Bitte, Mama, komm doch mal runter!« rief Manuel von der Wiese herüber.
Augusta saß mit der Freundin auf dem Balkon. Sie tranken Kaffee.
»Was ist denn los?«
»Ja komm mal runter, die Anschi hat einen eisernen Reifen um den Hals!«
»Dann mach ihn doch ab!«
»Mein Gott, diese Kinder!« sagte Erna, und die Freundinnen wollten weiter quatschen.

»Das geht nicht«, schrie Manuel.
»Du meine Güte!« riefen die Frauen und gingen hinunter in den Garten. »Komm her, ich mach ihn dir ab!« sagte Erna zu ihrer verängstigten Tochter Anschi, die sich einen rostigen eisernen Reifen eines Kinderwagens über den Kopf gestülpt hatte.
Erna zog an dem Ding, aber da waren die Ohren des Kindes — und überhaupt — irgendwie — sie schaffte es nicht und schaute die Freundin hilflos an.
»Ach komm, das habe ich gleich!« beschwichtigte Augusta und riß an dem Reifen.
Nun begann Anschi schon zu heulen und die Frauen gaben auf.
Erna war bereits etwas blaß, und ratlos standen die Freundinnen da. »Nebenan, ich habs, wir gehn zum Huber, zur Fahrradwerkstätte! Los!« Die Frauen nahmen die brüllende Anschi und schleppten sie zum Nachbarn.
»Das werden wir gleich haben«, meinte Huber ruhig und zog an dem Reifen. Anschi schrie nun wie besessen.
»Nein, so geht es doch nicht«, stellte Huber verblüfft fest, eilte in seine Werkstatt und kehrte mit einer langen Eisenzange in der Hand zurück. Anschi, Manuel und die Frauen verstummten vor Schreck. Mit weit aufgerissenen Augen starrte das Mädchen auf den Riesen mit der Zange. Er setzte das Werkzeug an und schnitt knirschend den Reifen durch. Erleichtert stopften die Frauen der befreiten Anschi Himbeerbonbons in den Mund.

## Der Mauerdurchbruch

Die verstreute Kleenex in der ganzen Wohnung, das heißt Wohnung ist zuviel gesagt, es waren nur zwei Zimmer und eine Diele, doch Imperia hatte genug Platz.
»Wenn ich im Wohnzimmer schlafen kann, bin ich glücklich. Nur nicht zurück zu dieser Frau, die mir meine Freunde in Afrika empfohlen haben. Dort kannst du wohnen, haben sie gesagt, für die paar Tage, die du in Europa bist. Aber dort kann ich nicht sein. If I am in a room with her, I get so depressed , I wont to kill myself!« schrie sie, und sie schlief bei Augusta im Wohnzimmer und verstreute Kleenex, in dem gewohnten Gefühl, daß ja Dienstboten sie aufheben werden, und sie »needs my herbes«, wie sie behauptete, »das ist gesund« — und sie lag nackt auf der Dachterrasse, stürzte dann ins Schwimmbad — erschien wieder und brüllte: »Now I need a man!« und sie blieb viele Wochen, saß mit Augusta nächtelang auf dem Bett, erzählte von Black Magic und wie sie mit dem Jeep durch den Urwald gefahren war. Die Trommeln der Schwarzen hatten sie begleitet Tag und Nacht. »Hörst du's auch?« Und die Frauen lauschten. »Horch!« Ihre schwarzen Augen funkelten. Die Tam Tams erklangen dumpf aus der Ferne und verebbten leise auf den mondbeschienenen Kissen des Bettes, auf dem die Frauen saßen. Wenn Besuch kam, rannte Imperia in den Verschlag, wo — der arme Manuel aus dem Bett gezerrt wurde, schloß die Tür hinter sich und legte Beethovens Pathétique auf den Plattenspieler.

Das dröhnte durch die kleine Wohnung stundenlang. Bis eines Tages ganz plötzlich die Musik verstummte.Imperia war abgereist, zurück nach Afrika. Jedoch die Zuneigung war gewaltig, und für Imperia gab es keine Entfernungen, wenn es um Freundschaft ging. So klingelte es Wochen später an der Türe, Augusta hörte die bekannte Stimme: »That's me, Darling, please help me with my baggage!« Augusta fuhr mit dem Lift hinunter, dort stand ihre Freundin, strahlend, mit den kleinen Söhnen John und Richard an der Hand und das Baggage füllte den Vorraum.
Manuel schlief nun mit im Wohnzimmer, Imperia im Schlafzimmer, da sie, wie sie behauptete, ohne ein richtiges Bett morgens nicht ausgeruht ist, und die beiden kleinen Burschen in Manuels Verschlag in der Diele. John und Richard, das waren Zuckerpuppen, nicht so streng erzogen wie in unseren Landen. Nein, frei und unbeschwert, wie die Jugend aufwachsen sollte, nicht von Konventionen eingeengt, verkündete Imperia.
Johannes versuchte, von den Dreharbeiten nicht zurückzukehren und schlief im Aufnahmewagen, doch die Zuneigung zur Familie trieb ihn wieder heim, und er bereitete sich in der Badewanne ein Lager. Das wurde natürlich nicht oft gestattet, da die kleinen Burschen von ihrer tropischen Heimat her an peinliche Körperpflege gewöhnt waren und aus diesem Grunde das Bad nur selten für die Familie zur Verfügung stand.
Doch es kam der Tag, an dem Imperia meinte: »Den Komfort, den wir von zu Hause gewöhnt

sind, den könnt ihr uns nun wirklich nicht bieten. Und es ist auch so eng hier. Wir ziehen in ein Hotel.« —
Als etwas später die Nachbarwohnung frei wurde, griff Johannes gleich zu. Es erschien ein Handwerker, mit dem zusammen er die Mauer zu eben dieser Wohnung durchbrach. »Hurraa!« endlich, nun hatten sie noch ein Zimmer. Nein, das war mehr ein Saal mit einem Gewölbe, Säulen drin, das Tollste, jetzt hatten sie zwei Bäder, zwei Toiletten, zwei Küchen und noch mehr Terrassen. Der Hausherr kannte die Familie allmählich recht gut. Er war Johannes auch entgegengekommen, für diese neue zweite Wohnung nur noch fünf Tausend DM Baukostenzuschuß zu nehmen. Jetzt stellte sich aber leider heraus, daß diese Abzahlungen das gesamte Gehalt von Johannes für Jahre einnahmen; so mauerte er den Durchbruch wieder zu, und sie zogen in ein kleines, sehr gemütliches Holzhäuschen, weit draußen vor der Stadt, idyllisch im Walde gelegen.

## Der Neue

Mit einem leisen Geräusch platzte die Fruchtblase und das warme, klebrige Wasser rann die Schenkel hinunter. Als sie in der Klink ankam, meinte die Schwester, »das geht ja alles wunderbar.«
»Nichts ist wunderbar«, sagte Augusta, »dieses Mal wird sofort ein Kaiserschnitt gemacht«.
Wie köstlich war es, als die Spritze zu wirken

begann und sie den Arzt, die Schwestern, den gekachelten Operationssaal, die blitzenden Instrumente nur noch verschwommen und dann gar nicht mehr sah. Sie wachte erst wieder auf, als man ihr das dicke Bündel Kind in die Arme drückte. Leicht irritiert schaute sie auf diesen Fettkloß. Augen waren überhaupt nicht zu sehen, die waren eingebettet in zwei Fettwülste. Ach ja, so ein dickes Kind! Sie schlief wieder ein, dämmerte vor sich hin. Ab und zu huschte eine Schwester ins Zimmer, gab Medikamente. Ein Zeitgefühl hatte sie verloren, waren Tage vergangen oder Wochen, bis es dann ganz still um sie wurde. Eingehüllt von einer milden Dämmerung, schwamm sie in sanften Wellen dahin, in der Ferne leuchtete ein Feuer. Sie konnte sehen, wie in der Tiefe des Wassers die Flammen mit den Wogen tanzten, und ein Glücksgefühl durchströmte ihr ganzes Wesen. Doch dann war ihr, als hörte sie einen Ruf, der wurde lauter und lauter, es war wie ein Sog, der sie an die Oberfläche trieb, aus namenlosen Zeiten, unbekannten Räumen: eine helle Kinderstimme — der Neue.

Augusta mußte dem Neuen etwas mitgebracht haben aus den geheimnisvollen Fernen. Einige seltsame Wesen begleiteten über Jahre sein winziges Kinderleben. In den Geranien auf dem Fensterbrett wohnte Schmutzerl. Zwei seiner besten Freunde hielten sich überall im Haus auf. Ständig mußte man darauf gefaßt sein, ihnen zu begegnen. Wenigstens machte der Neue die Familie ständig aufmerksam, doch besser aufzupassen, wenn man

sich irgendwo niederließ, ausgerechnet dorthin, wo bereits Krett und Krunk saßen, so hießen diese Typen.
Am meisten geliebt wurde Krett, den der Neue zärtlich Kretti nannte. Die saßen auch mit bei Tisch, und das Haus war gut bevölkert.
Nachdem sie längere Zeit nichts mehr von diesen Leuten gehört hatte, erkundigte sie sich bei Jill: »Wie geht es eigentlich Schmutzerl, Krett und Krunk?«
»Aber, Mutti, was redest du denn da, die gibt es doch gar nicht«, meinte er erstaunt.
So einfach waren sie nun tot, alle drei, und Augusta wandte sich ab und weinte.

## Ein Kännchen Kaffee

Friedrich stellte den Motor des Wagens ab, und die Geschwister blieben erst einmal im Auto sitzen, etwas erschöpft nach der langen Fahrt, aber glücklich. So waren sie seit ihrer Kinderzeit nicht mehr zusammen gewesen, sie beide allein, ohne Mann, Frau, Kinder.
Gesungen hatten sie die ganze Reise, froh und unbeschwert, hatten beobachtet, wie sich die Landschaft veränderte, vom Gebirge hinunter am Fluß entlang. Nun standen sie vor dem Haus, in dem die Mutter, schwer krank, wie es hieß, darauf wartete, abgeholt zu werden. Dieser traurige Anlaß kam den beiden erst jetzt wieder in den Sinn und sie zögerten noch, aus dem Wagen zu steigen.
Die schöne Fahrt, die Stunden, einmal nach so langen Jahren ohne Verantwortung und Pflichten, war bereits Vergangenheit, als sie die

Treppen zur Wohnung der Mutter hinaufstiegen.
Friedrichs Frau übernahm einige Wochen die Pflege der Kranken. Einfach war das nicht. Die Mutter hatte immer wieder so allerhand Tricks, um sich trotz körperlicher Beschwerden in den Mittelpunkt zu schieben. Zum Schluß thronte sie, in Decken verpackt, Nachthemd und Morgenmantel, jedoch mit Schmuck beladen und fein geschminkt, mitten im Wohnzimmer und hatte erreicht, was sie wollte: nicht mehr allein sein. Nun waren ja Friedrich oder Augusta gezwungen, sie bei sich aufzunehmen, wo sie doch so krank war. Die Tochter wurde den Verdacht nie los, daß die Mutter das bleiche, elende Bündel nur vorgetäuscht hatte und in Wirklichkeit gar nicht so krank war. —
Wieder genesen, zog sie zu Augusta und Johannes. Das ging aber nicht lange gut. Den ganzen Tag schwänzelte sie im Haus herum, nur in ihrem Zimmer, da fand man sie nie. Keine Sekunde des Tages gab es, wo sie nicht irgendwie jammerte und Hilfe brauchte. Glücklicherweise war sie damit einverstanden, in ein nahegelegenes Damenstift überzusiedeln. Zuerst einmal schien alles bestens, doch es dauerte nicht lange, so hörte man allerhand Klagen.
»Diese Leute hier im Heim sind doch schon wirklich grauenvoll. Du solltest mal sehen, Kind«, sagte sie zu Augusta, »wie meine Tischnachbarin die Eier ißt. Die schlägt die Kuppe mit dem Messer ab, als wollte sie Hühner schlachten. Wie oft habe ich ihr

gesagt, daß sie doch mit ihrem Löffelchen die Eispitze fein säuberlich anklopfen solle! Aber das ist noch nicht alles«, flüsterte sie geheimnisvoll, »die sprechen hier eine Sprache, unverständliches, wirres Zeug. Ich sage oft: reden Sie doch so, daß man Sie versteht, doch dann tuscheln die nur noch mehr und deuten mit Fingern auf mich.«

Augusta versuchte sie zu beschwichtigen, hatte aber einen geheimen Zorn, irgendeine innere Wut, daß die Mutter so war — so selbstgerecht. Sie haßte das, schaute sie böse an, wie sie so vor ihr saß, im Sesselchen, den Hut mit den Straußenfedern auf dem Kopf und lange seidene Handschuhe an den Händen.

Bei einem Besuch dann fand Augusta die Zimmertür verschlossen. Die Pflegerin kam und erklärte ihr, daß es der Mutter nicht gut gehe. Man müsse die Tür von außen verschließen, da sie in andere Räume gehe oder im Haus herumirre. Es wurde aufgeschlossen und die Pflegerin verschwand. Die Mutter stand mitten im Zimmer und starrte gegen die Wand. Augusta rief: »Mama.« — Langsam wandte die Kranke den Kopf, schaute die Tochter abwesend an. Ach — sie versuchte etwas zu sagen, aber es gelang ihr nicht. Die eine Gesichtshälfte war gelähmt, die Zunge gehorchte kaum mehr. Erschüttert und ohne etwas von alldem zu begreifen, hielt Augusta ihre Mutter im Arm.

»Ein Kugelblitz war im Zimmer, ein Kugelblitz«, konnte sie ihrem Gestammel entnehmen. Augusta ging an die Wasserleitung, um ihr ein Glas zu reichen, jedoch der Wasserhahn war

abgeschraubt.
»Das ist ja makaber«, dachte sich die Tochter, »die stellen hier der alten Frau das Wasser ab. Warte«, sagte sie, »ich bestelle dir ein Kännchen Kaffee.« Da leuchteten die erloschenen Augen der Kranken auf.
»Kaffee«, stammelte sie, »Kaffee, ja, bitte.«
Augusta ging hinaus und bekam den Bescheid, daß ihre Mutter nichts trinken dürfe. Als sie ins Zimmer mit leeren Händen zurückkehrte, ohne das Kännchen Kaffee, drehte sich die Mutter zur Wand und schloß die Augen.
»Liebe Mama,« dachte die Tochter, als sie in der darauffolgenden Nacht die Nachricht vom Tode der Mutter erhielt »— warum hast du nicht die Bilder fertig gemalt, die du angefangen hast, die Kopien von Van Gogh und Matisse, diese Figuren, die da auf der Leinwand stehen, eidottergelb, gelber als Van Gogh sie gemalt und dieses Grün dazu. Plötzlich hast du die Farben wieder vertrocknen lassen, die Pinsel kamen nicht ins Terpentin zurück. Und der kleine Preis, den dir die Stadt als Laienmalerin verlieh, hat er dich nicht stolz gemacht und froh? Mußtest du immer alles stehen und liegen lassen, für die halbe Stunde, die die Tochter hereingeschneit kam ins Zimmer, ungeduldig auf die Uhr schauend, wann der Besuch beendet werden kann, ohne dich allzusehr zu kränken. Was hast du von dieser jungen Frau erwartet, die sich noch nie die Mühe gemacht hatte, dich kennen zu lernen. Hast du überhaupt je selbst erfahren, wer du bist?
Niemals, niemals habe ich dich mit einer

Freundin zusammen eine Allee entlanggehen sehen, in ein Gespräch vertieft, gestikulierend, weg von mir, deiner Tochter, weit weg in ein anderes, eigenes Leben und nicht mehr zurückwinkend mit dem seidenen Schal, den du so gerne trugst.
Die Blumen, die du in Vasen drapiertest, sind längst verwelkt. Ich weiß von keinen Blumen, dabei kanntest du sogar ihre lateinischen Namen, auch von den Kräutern am Wegrand, die wir von unseren Spaziergängen mit dem Vater heimgebracht hatten. Warum hast du mich ein Jahr lang täglich von der Schule abgeholt, heute noch finde ich nirgendwo alleine hin, hättest mich laufen lassen sollen. Ich wurde kein gutes, kleines Mädchen, das dich für all die Opfer geliebt hat; oft war ich voll Wut über deine Freundlichkeiten und nahm mir vor, nicht freundlich zu sein. Deine schönen Kleider haben mir schon gefallen. Doch was blieb: die Kleider, verstaubt im Schrank, riechen nach Moder. Keine Ringe mehr, keine Perlenketten — ein trockener Wasserhahn und der gewöhnliche Tod, der gelangweilt auf deiner Bettkante hockt und immer wieder ungeduldig auf seine Armbanduhr schaut, ob es nicht endlich vorbei ist, damit er sich verziehen kann.«

## Weintrauben

Sie war eines Tages plötzlich da, mit dem Rad übers Feld. So dünn war die, alle staunten, wie dünn die war, doch schön das Haar, lang und schwarz.

Sie saß mit unter der Terrasse, wo das Weinlaub tief auf die Steine hing — sagte nichts.
Konnte sie auch nicht, sie sprach eine andere Sprache. Immer mit dem Blick auf Manuel, der in der lärmenden Runde herumsauste, den Plattenspieler aufdrehte, lauter und lauter. Alle schrien durcheinander, lachten schulterklopfend. Kate versuchte zu verstehen, lauschte mit starrem Blick. Wild sprang sie dann auf, rannte die Treppe hoch, warf sich zu Boden, tobte und schrie: »I hate you, I hate you all!«
Augusta saß mit Manuel nächtelang zusammen. Sie redeten und redeten, tranken Wein oder sonst was in sich hinein bei ohrenbetäubender Musik und torkelten glücklich im Haus herum. Kate schlief zwischendurch erschöpft ein, schreckte wieder hoch, und Manuel schimpfte und fuchtelte, wenn sie sich beschwerte.
Manchmal holte Augusta Farben und Leinwand hervor, die Staffelei in die Küchentüre. Das Haus war groß und geräumig, aber sie quetschte die Staffelei in die Küchentüre. Jill, der Neue, wurde auf den Stuhl gezwungen und gemalt, mit Gewalt, versteht sich, denn der wollte ja nicht stillsitzen, weil er es nicht einsah.
Die letzten wilden Weintrauben an der Terrasse erfroren am Strauch. Im Spätherbst, wenn sie anfingen zu reifen, fielen die Spatzen, die Amseln ein und rupften die Früchte ab. Das Geschrei und Gelärme der Vögel war unerträglich. Wild vor Zorn rannte Augusta ins Haus, holte die Gaspistole und schoß blind-

lings in die Zweige. Die Vögel flogen kreischend auf, um sich kurz darauf kichernd wieder niederzulassen.
Dann nistete sich der lange Winter in den kahlen Bäumen ein, kroch ins Haus. Es gab Tage, da fror sie so sehr, saß in der Bauernstube, das Buch im Schoß, dicke Socken an den Füßen — Pullover. Der kranke Hund im Kistchen daneben. Auf dem Herd stand immer ein großer Topf mit Wasser, der dampfte und kochte vor sich hin — darüber hing Wäsche. Der Topf hatte schon einen breiten weißen Kalkrand. Sie ging von der Bauernstube in die Küche hinüber und wieder zurück. Zweimal im Jahr hatte sie die Grippe und lag drei Wochen im Bett. Der Arzt kam und verordnete Aspirin — sie kochte sich Milch mit Whisky und Honig. Vor dem Fenster der schwarze Kastanienbaum. Sie merkte kaum, wie das alles so versickerte, wie das Schneewasser, das aus der Dachrinne tropfte.
Jill schlief mit im Schlafzimmer in einem lila Bauernbett. Der blieb immer solange auf wie alle anderen erwachsenen Leute auch, kroch todmüde spätabends am Boden herum, aber schlafen ging der nicht. Bis er endlich irgendwie auf dem Teppich zusammenbrach. Erst dann konnte man ihn ins Bett schleppen. Auch wenn er krank war, stand er mit hochrotem Fieberkopf in seinem Bett, klammerte sich an die Pfosten und blieb aufrecht.
Da gab es genug Ratschläge für Augusta, daß das nicht die richtige Kindererziehung ist. Und dann Manuel — der ist immer noch mit dir, hieß es, was soll denn das?
Aber Kate blieb ja in seiner Nähe, kam

angeradelt mit dem Fahrrad bei Wind und Wetter. Bis Augusta meinte, du kannst doch hier im Haus wohnen, ist ja Platz genug. Da stellte Kate das Rad in den Schuppen und blieb.

## Wilde Gänse

Die Sommerferien verbrachten alle mit dem Zelt am Meer. Johannes schleppte die halbe Wohnungseinrichtung ins Auto. Tagelang fuhren sie gen Süden, da das Auto unterwegs immer wieder irgendwelche Pannen hatte. Augusta hielt Jill auf dem Schoß, den Hund an den Füßen. Ab und zu in der Wüste — Autoreperatur. Manuel hielt den Schirm über den Kopf des Vaters, um das Schlimmste zu verhüten. Der Hund «la Plüsch« trank Limo aus Augustas Hand. Unterwegs Zelt aufbauen im Felsgestein — aber dann — lange vorher konnte man es schon riechen — das Meer.
Das Zelt bekam seinen endgültigen Ferienplatz. Johannes arbeitete tagelang, um es sturmfest zu machen. Die Heringe wurden knietief in den Boden gerammt und die Schnüre festgezurrt. Stürme gab es genug. Dann hielten die Männer abwechselnd Wache. Sie saßen vor ihren Zelten, die Gummihüte tief ins Gesicht gezogen.
Am Morgen zogen Augusta und Manuel los mit Taucherbrille und Maske, das Messer ans Handgelenk gebunden.
Sie schwammen am Meeresgrund zwischen den Felsen und fingen Muscheln. Von Jill sah man auch nicht viel. Der kroch unter Wasser herum, doch kaum an der Oberfläche, sackte

er wieder ab. Das dauerte lange, bis der sich über Wasser hielt.
In diesen Wochen konnte sie vergessen — vergessen die Kälte der Heimat — die Tage und Wochen der unerklärlichen Leere — das Lauschen auf Schritte, die sie in ihren Träumen vernahm — immer wieder — Schritte, die sie deutlich hörte — aus dem zerfallenen Haus mit den weißen Säulen, alles schon verwachsen und überwuchert von Schlingpflanzen, phantastischen Blüten, die grellrot aus dem Dämmer herleuchteten, Löwen lagerten zwischen den zerbröckelten Mauern — Panther — ganze Rudel — bewegten sich lautlos. Es konnte passieren, daß sich die gelben Augen auf sie hefteten, träge erhoben sich die Tiere und schritten auf sie zu — die Krallen kratzten den Stein. Sie flüchtete von Zimmer zu Zimmer — erreichte eine Tür, befand sich in einem leeren Saal. Doch die Schritte, die sie gehört hatte, entfernten sich und sie sah niemanden.
Am Abend wanderte sie manchmal den menschenleeren Strand entlang — mit nackten Füßen durch den Schlamm, über splitternde Muscheln und glitschige Algen. Sie legte sich in den feuchten Sand. Über die Füße schwappte das Wasser — über den verwesenden Vogel, der mit riesig ausgebreiteten Flügeln vor sich hinfaulte und über die toten Krebse, die in der späten Sonne wie Perlmutt glänzten. Mit weit offenen Augen lag sie da, der Himmel wölbte sich unendlich. Eine Schar wilder Gänse strich über den Strand, verlor sich im Dunst des sterbenden Tages und sie folgte ihrem Zug mit Leichtigkeit.